转身听见

海林林 / 著

重庆出版集团 重庆出版社

图书在版编目（CIP）数据

转身听见 / 海林林著 . — 重庆：重庆出版社，
2024.6
ISBN 978-7-229-18723-1

Ⅰ . ①转… Ⅱ . ①海… Ⅲ . ①长篇小说—中国—当代
Ⅳ . ① I247.5

中国国家版本馆 CIP 数据核字 (2024) 第 098783 号

转身听见
ZHUANSHEN TINGJIAN

海林林 著

责任编辑：王子衿
策　　划：周北川
绘　　画：田宛琰
责任校对：何建云
装帧设计：田宛琰

重庆出版集团 重庆出版社 出版

重庆市南岸区南滨路 162 号 1 幢　邮政编码：400061　http://www.cqph.com
重庆豪森印务有限公司印刷
重庆出版集团图书发行有限公司发行
E - MAIL：fxchu@cqph.com　邮购电话：023-61520417
全国新华书店经销

开本：720mm×1000mm　1/16　印张：15.25　字数：200 千字
版次：2024 年 6 月第 1 版　印次：2024 年 6 月第 1 次印刷
ISBN 978-7-229-18723-1
定价：39.00 元

如有印装质量问题，请向本集团图书发行有限公司调换：023-61520678

版权所有，侵权必究

谨以此书献给我们的父母和孩子，谢谢你们不离不弃的爱伴我们前行！

序

一

《转身听见》的作者海林林，本身就是一部传奇。

有一首歌叫《为了爱，梦一生》，用在海林林身上应该算是量身定做。

对儿童文学有多爱？海林林给出的答案是：她放弃了在北京打拼的景观设计职业生涯，放弃了大都市的灯红酒绿，放弃了高薪与繁华，还忍痛放弃了婚姻，回到荣昌区河包镇乡村老家潜心学习，全职创作。对她个人来说，在城市，她的笔无处安放。城市不种庄稼，儿童文学是她在乡村栽种的庄稼。

她还热衷于儿童教育公益事业，在河包镇创办了公益性质的空书包儿童图书馆，其发起的"点灯教育在乡村"获得2022年度"重庆市终身学习活动品牌"、2023年度"全国终身学习品牌项目"与"特别受百姓喜爱的终身学习品牌项目"称号。

我与海林林第一次见面，她就给我讲述了她的人生故事，描绘了她的作家梦。海林林充满热情地述说她喜欢充满幻想的故事，喜欢童书的纯粹与力量感，她愿意用一生的时间去爱、去守候。

我很受感动。这是一个听从自己内心召唤的传奇故事，这是一个作者寻找人生意义与使命的奋斗梦。

二

我与海林林第二次见面，她就发给我了这部《转身听见》。

如果说我与海林林第一次见面，她带给我的是感动，那么我与海林林第二次见面，她带给我更多的是震撼！

如果说《转身听见》的作者海林林本身就是一部传奇，那么这部历经了八年创作历程的《转身听见》更是一部传奇。

所以说，《转身听见》和它的作者，加起来就是两部传奇。

《转身听见》的故事内核源自于作者的亲身经历。海林林从有记忆起，听力就不太好，直到大学毕业后工作多年，才第一次戴上助听器。当医生推开窗，她听到真实的城市声音那一刻，成为她永恒的难忘经历。如今，助听器成为她的自由选择，要外出见面办事时才戴，在家或者与亲近的朋友交谈时就不戴。那些略显安静的时光成了她在乡间静心写作、阅读与思考的有利条件。在海林林看来，与声音相处的过程很奇妙，听见是一种福气，同时也是烦恼。她的心里一直有个声音，要把这种对声音的理解与感受写成儿童小说，算是对这三十多年来与它的纠缠有个了结，于是《转身听见》呱呱坠地，有了失聪的娅娅的冒险经历，有了娅娅借助助听器重新听到世界的声音，开启了新生活的奇幻故事。

三

《转身听见》很好读，这是一个关于爱的回归的故事。

整个故事读下来，就好像在看一部精彩绝伦的奇幻动画电影，让人忍不住想一页一页往下翻。

这个故事震撼我的，是在跌宕起伏的情节推进中，对爱的表达方式有多层次多方面的探讨。瓷人、麻辣兔、猫咪、影子、山羊，这些来自平常生活里的平凡之物，在故事里都有了自己的生命与追求，与娅娅一起历经爱的发现之旅、回归之旅。

托尔斯泰说，艺术是生活的镜子。

蓦然回首，海林林从乡村走进城市，又从城市回到乡村，放弃景观设计职业生涯，在探寻人生梦想之旅中听从内心的召唤，回到钟爱的儿童文学创作路上，这何尝不是爱的回归？

因此，我向广大读者、向天真的孩子们隆重推荐这部《转身听见》。孩子是很天真的，但是绝对不只是可爱、天真着就好。孩子在成长中，也许会经历娅娅所经历的很多矛盾、考验、迷惘、阵痛……有的是他们自己的，也有和身边的亲人朋友共同经历的，有来自于自我的，有来自于亲人相处的，有来自于社会架构下的矛盾，有来自于种种不可抗的阻力……《转身听见》能从爱的角度，实现对孩子们的启示与引导。

春种一粒粟，秋收万颗子。汗水滴进土壤，就会变成闪亮的珍珠。

在内心召唤的乡村土地上耕耘，相信海林林会迎来人生新的春天。

（殷贤华，中国作家协会会员、荣昌区文联主席。《微型小说选刊》《小小说月刊》等 12 刊签约作家，入围 2022 年第八届鲁迅文学奖参评作品，获 2016 年《小说选刊》全国微小说精品奖、2020—2021 年第四届重庆晚报文学奖、2024 年天津市第 32 届梁斌小说奖等奖项，出版小说集《天壤之别》《梦中窥人》《金牌乌鸦嘴》等。）

目 录

序   001

第一章
会唱歌的铜铃   001

第二章
一枝花，一杯水   013

第三章
如意算盘   022

第四章
出了点差错   033

第五章
还给我   042

第六章
换耳朵   052

第七章
不是猪的猪   062

第八章
隐秘的居所   072

第九章
深夜来访   087

第十章
脚印和城堡   096

第十一章
大炖锅　　　　　105

第十二章
秘密　　　　　　117

第十三章
毛茸茸的礼物　　126

第十四章
记不得了　　　　136

第十五章
旋涡之下　　　　147

第十六章
蘑菇汤　　　　　159

第十七章
魔术　　　　　　169

第十八章
跳进斗笠　　　　177

第十九章
唤醒耳朵　　　　188

第二十章
见证誓言　　　　197

第二十一章
划破湖面　　　　206

第二十二章
全新的世界　　　218

后记　　　　　230

第一章

会唱歌的铜铃

"我的歌声里,有你回家的路。"

秋意渐浓。

娅娅在田间小道上奔跑。她挥舞着小树枝，齐齐地刷过草叶尖。"噗、噗、噗"，一只秧鸡蹿出来，飞向梯田低处的水湾；"嗖、嗖、嗖"，成群的蚱蜢像流星雨一样射向稻田；"呼、呼、呼"，两只站在牛背上的白鹭振动翅膀直冲云霄。

但在娅娅的世界里，这原本喧哗的田野变成了哑剧的舞台。声音成为一种记忆，越来越模糊。

她跑上矮子山，跑得满脸通红，耳朵发热。秋风带着凉意拂过耳边，没有熟悉的呜呜声。那扇藏着声音的大门对她关闭了，而她还没有完全适应这死寂的世界。

娅娅扔掉树枝，沮丧地坐在地上，低声抽泣。她猛然意识到，她早已连自己发出的声音也听不见了。她的双腿踢着泥土，大声哭起来。

母牛泥鳅在山下的荒地上吃草。它抬起头，停止咀嚼，望着小主人所在的地方。从牛嘴露出的半截草尖上，滴着亮晶晶的口水，像娅娅的眼泪。

不久前的一天，暑假才刚开始，娅娅在一座斜坡上割草时滑下去，撞在石头上，耳朵里流了血。那时，她还能听见一些声音。爸爸带她去镇医院医治，在挨了许多针、吃了许多药后，她却什么也听不见了。

接着，繁忙的秋收季节来了。父母和奶奶忙着掰玉米，收割高粱与水稻，采摘花生，留下娅娅独自在家。寂静像黑暗一样，似乎潜藏着随时会跳出来的野兽，这让娅娅感到害怕。她每天拿着棍子四处敲击，或摔东西，或追赶鸡鸭，或大声发出怪叫——她想用声音赶走

死一般的沉默。

一切都是徒劳。

每当这时，奶奶都任由她发泄自己的情绪，小心翼翼地把贵重的东西挪开；爸爸会拉住她，拍拍她的头安抚；妈妈则皱起脸，嘴不停地开合着说话，回避着她。

娅娅知道她在说什么。自从失聪以后，娅娅在别人说话时总是盯着人看，开始关注人们的表情以及说话时嘴的动作。她很快读懂了妈妈的唇语——她在责怪娅娅不懂事。农忙已经让她筋疲力尽，而她还要面对女儿疯疯癫癫的行为……

妈妈从来就没喜欢过我，娅娅不止一次这样想。她只喜欢那早已夭折的哥哥明子。如今见我聋了，她更嫌弃我了，只有爸爸和奶奶疼我。

然而秋收之后，爸爸找到了新的活：去遥远的新疆摘棉花。他要和妈妈一起去，说两个月后才回来。

他们不会回来了，娅娅伤心地想。摘棉花只是一个借口，他们不想要我了。她听说过这样的事。村里有一位小伙伴的妈妈就是借口外出工作，再也没有回来。

爸妈出远门那天，娅娅躲进被子里不见他们。

爸爸来到床前，想拉开被子。娅娅裹紧自己，又踢又叫。爸爸摸摸她的头，走了。

妈妈来了，她想把娅娅从被子里拽出来，没有成功。她停了一会儿，把手伸进娅娅的脖子，捏住她埋在被窝子里的下巴，扭过她的头，轻轻地在她耳边说了什么。妈妈粗糙有力的手让娅娅很不舒服，呼出

的气息让她耳朵痒痒的。她的心里涌起莫名的愤怒。

她伸出一只胳膊，把妈妈的手拉开。

"走开，我恨你！"她在被子里瓮声瓮气地叫着。她听不见自己的说话声，但她知道自己说了，妈妈也听到了。

床边没有了动静。娅娅在被子里哭了一场。哭累了，睡一觉，醒来已是中午。爸妈走了，奶奶在地里干活，家里空荡荡的。她的心也空荡荡的。

娅娅坐在矮子山上，望着远处层层叠叠的山丘，想着爸爸妈妈。朵朵白云在天空中慢悠悠地游走，奔赴远方的远方。它们也要去棉花盛开的新疆吗？那是一个多么遥远的地方啊！无论她站在家乡的哪座山头都看不见。她只看见镇中心小学的红旗在山谷里飘扬。

此时，她本该在那里上课，是一位整天嘻嘻哈哈的四年级学生。但奶奶在开学时为她请了病假，领回课本，让她在家自学。她想听老师讲课的声音，放学时的铃声，同学们打闹的欢笑声，但一想到自己的耳朵，她退缩了。

他们会叫我聋子，她不安地想。他们会在背后嘲笑我，我却什么也听不见。

娅娅从学校收回目光，俯瞰山下的村庄。这是一座位于重庆西南山区的小山村，掩映在四季郁郁葱葱的竹林里。这里出产坚硬的石头与技艺精湛的石匠。石匠们将石块凿成条，筑成一座座石屋——一个个在风雨中屹立不倒的家。

爸爸是一位石匠。平时除了忙地里的活以外，大部分时间都在

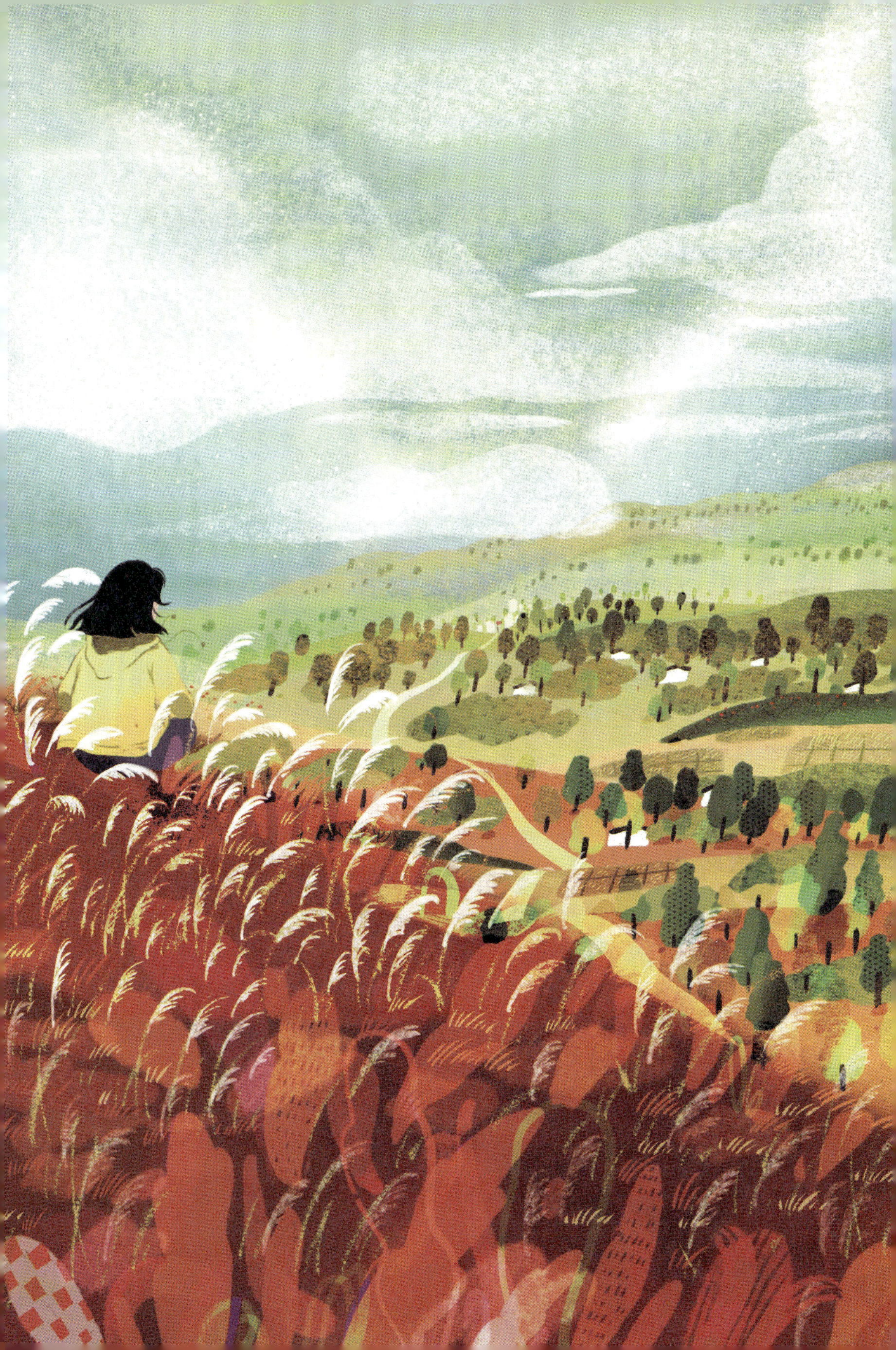

外为别人干各种石活：修房屋，筑堡坎，打地基，铺石板……他也经常在山下的采石场里采石头。看着那里还有许多未打磨的石块，娅娅似乎看见爸爸正挥着沉重的锤子，一边喊着号子，一边敲击嵌在石块里的锲子。

"嘿——呀，嘿！"锤子落下，发出雄浑有力的"当——"声。娅娅喜欢听爸爸采石时唱的号子。她常常坐在石头上，一边玩着，一边看他工作。即使她在山坡割草放牛，如果爸爸在喊号子，她也会停下来侧耳倾听，为此她还学唱了不少。

爸爸唱的号子千变万化，似乎从来没有重复的。他的嗓音洪亮有力，和清脆响亮的敲打声一起，能把坚硬的石头分开，和音乐老师教的"软绵绵"的歌完全不同。爸爸会结合身边的事物即兴喊号子。他最喜欢把娅娅编进歌词，吼道："哟嚯嘿哟嘿——，幺妹哟——，玩家家喂——。长大哟——，一呀一枝花也——"锤子抡起来，又唱，"嘿——呀，嘿！"锤子落下，"当——"，石头震颤着，"咔咔咔"地开始分开。

哦，那美妙动听的号子啊，总让娅娅的心绽放出花朵，填满整个胸膛。只是如今，采石场里没有爸爸的身影，他离自己好远啊！

娅娅的家在东边的竹林里，也是一座石屋。石屋用的石块全是爸爸亲手凿出来，和妈妈一块一块抬回家垒起来的。娅娅喜欢自己的家，也喜欢自己的村庄，它有一个好听的名字：铜铃村。

传说在村子建第一座房屋时，人们在地基里挖出了一个铜铃。那个挖出铜铃的地方叫铜铃屋基，现在是梅伯伯的家。他家祖辈生活在那里，有许多长寿的人。据说梅伯伯活得最长，有一百三十多岁了。

他一直独居，是个单身汉，许多亲戚都已去世。他曾经是一位四处行医的赤脚医生，所以和他来往的人大多是找他看病的村民。只是随着镇医院的修建，来找他的人越来越少了。

他稀疏的白发与瀑布般的白胡子一直垂到小腿，看起来像位老神仙。但这些年，他的身体大不如前，各种小毛病不断。他总是咳嗽，喉咙里发出咕噜咕噜的声音。他的双腿患有严重的关节炎，用起了拐杖。他不再远行，不再种庄稼，只种一些蔬菜和药草。他常常待在家里，研究古老的药方，用采集或购买的各种药草熬药，治疗自己的关节炎和各种毛病。

他的身上总是散发着中药味和其他复杂的味道。大人们都离他远远的，然而孩子们并不在意，因为他会玩魔术。他总会从空空的口袋、胡子或者手里变出诱人的糖果，水果，或一些小巧的玩具。孩子们着迷地围在他身边，渴望拥有那些"魔法"变出来的东西。

娅娅曾得到过梅伯伯变出的大白兔奶糖。奶味十足又香甜的糖果，含在嘴里满口生津，让她做梦都在舔嘴唇。她还得过其他东西，但最让她着迷的是一个只有李子果大小的铜铃。不过那个铜铃是梅伯伯的，他从不送人。

那是今年春天的事了。那天，娅娅和几位小伙伴看见梅伯伯在村子里散步，都跑过去缠着他变魔术。梅伯伯找块石头坐下，把拐杖放在一旁。

"你们今天想要什么呢？"他笑眯眯地问。

"奶糖。"

"玩具车。"

"苹果。"孩子们兴奋地说着自己的愿望。

"还是变奶糖吧,因为今天只有奶糖在家。"梅伯伯说。他摊开瘦得只剩皮包骨的手,"你们都看好了啊,现在我手上什么东西也没有吧?"

"没有。"孩子们围着他,整齐地回答。

"好,我现在要开始施魔法了。"他收回双手,握起拳头,"都看仔细了啊!奶糖就要出——来——了——。"他一边说一边慢悠悠地挥舞手臂,然后打开拳头。手上是空的。

"哎呀!怎么没变出来呢?奶糖一定没听见我的命令。"他假装失望地说。

"重来,重来。"孩子们嚷着。

"好,我们再来一次。"他又握起拳头。这一次,他在空中迅速地舞动双臂。左划一下,右划一下,在头上绕一圈,再穿过长胡子。

"都睁大眼睛,不要眨眼哟!"他大声提醒孩子们。

"呼啦!呼啦!"他的双手在空中扭在了一起,像两条龙一样纠缠,翻腾,最后把两个拳头并在一起,双手合十。

"变了,变了,别眨眼,它们来了。看!"他打开双手。手里捧着五颗大白兔奶糖,一人一颗,不多不少。不过在奶糖的中间,赫然出现一个小铜铃。

"铃铛!"孩子们叫起来。

"我要,我要。"

梅伯伯神色有点慌张,赶紧将铜铃收起来,把奶糖分给孩子们。

"变错了,哈哈!"他掩饰道,"铜铃不听话,自己跑出来了。那是我的东西。"

孩子们很失望,但每人都得到了奶糖,就把铜铃的事忘了。

娅娅被铜铃吸引住了。她从没见过那么漂亮的东西呢。虽然只看了一眼,但铜铃的金色光芒在她心中留下了抹不去的印象。等所有伙伴走后,娅娅留了下来。

"梅伯伯,我能再看看那个铜铃吗?只看一眼。"她说。

梅伯伯看了看四周,又看了看娅娅,悄悄地说:"我可以给你看,但你不能对别人说这件事哟。"

"我不会说的。"

"咱们拉个钩。你要是说了,以后就不变奶糖给你吃了。"

"嗯,拉钩。"娅娅伸出小指,郑重地说。

他们拉了钩。梅伯伯拿出小铜铃。它光滑如镜,闪烁的金光里,映着娅娅变形的小脸。真迷人啊!娅娅提起铜铃摇一摇,没有声音。她一看,这铜铃竟没有舌头!

梅伯伯笑起来:"铜铃摇不响的。"

"为什么?"

梅伯伯指着铜铃上面刻着的几排小字问:"你能看见上面写了什么吗?"

娅娅把铜铃举到眼前,仔细辨认那米粒般大小的字迹。那里写着:

时间跑了,我留下来守望。

我若碎了，铜铃响当当。

一定要抓紧我，不离不弃。

我的歌声里，有你回家的路。

"看不懂。"娅娅把铜铃还给梅伯伯说。

"这个铜铃是我家祖传的宝物，是当年建村时挖出来的那个铜铃。"梅伯伯悄声说。

"真的有铜铃啊！"娅娅好奇极了，"可它为什么没有舌头？"

"因为它不是普通的铜铃。它有几百岁了呢。它虽然没有舌头，摇不响，但是那首诗说，'我若碎了，铜铃响当当。'说明它在被毁灭的时候才会响。"

"它看起来像新的一样。"

"它不生锈，也很坚硬。我试过各种方式磨损它，连一点刻痕也没有留下。"

"好神奇啊！可它摇不响，有什么用呢？"

"诗里也说了啊。'我的歌声里，有你回家的路。'是说当你迷路的时候，它会唱歌指引你回家。"

"什么歌？我听听。"娅娅充满期待地说，"是不是像我爸爸唱的号子那样，'三月里来，东风吹吹，杨花甜耶，铜铃响呀。九月里来，西风吹吹，稻花香耶，响铜铃呀。嘿——呀！'"

梅伯伯大笑起来。"你这小石匠唱得真不赖啊！不过这铜铃只有在它离开铜铃村时才会唱歌。"梅伯伯说，"我年轻时常到大山里采药。

无论走多远，只要有它，我就从不迷路，知道如何回家。"

"您采的药都拿来治病吗？"

"是啊。那些草药救了不少人呢。"梅伯伯拿起拐杖，缓缓地站起来说，"但我的膝关节炎很严重，吃再多药都没用啦。"

"您不是医生吗？"

"医生也是人，也有治不好的病。"

"关节炎很疼吗？"

"当然疼，比你们打针还疼。"梅伯伯说，"回家去吧。铜铃的事不能对别人说哟。"

"我知道啦。"

此刻，梅伯伯家的烟囱正冒着烟。

还没到做晚饭的时间呢，他一定又在熬药吧，娅娅想。

她不喜欢草药熬煮后的气味。这总让她想起喝中药时的苦涩滋味。有一次，母牛泥鳅生病了。兽医为它抓了一大袋中草药。奶奶每天都要熬药，空气里全是药味。熬出的药水足有两大桶。泥鳅拒绝喝药，发起牛脾气。爸爸把系着牛鼻子的缰绳固定在梁上，将一根大木头横在它的脖子下——它的头动不了了。爸爸用粗竹筒撬开泥鳅的嘴，插到它的喉咙深处。奶奶把药水灌进竹筒。泥鳅挣扎着，用力甩着脖子，药水从嘴角流出来……

可怜的泥鳅啊，那药一定苦得让它发抖吧？她朝泥鳅吃草的地方瞄了一眼。糟糕！泥鳅已经挣脱缰绳，跑到邻居家的庄稼地吃番薯藤去了！她得赶紧将泥鳅带走！她以最快的速度跑下山。在经过梅伯

伯家菜地旁的松树林时，一抹奇异的红色在她眼前一闪。那是一种足有她半个身子高的植物。没有叶子。三根粗壮的花茎突兀地从地里冒出来，各举着一朵像红蜘蛛一样的花。

娅娅从未见过如此奇异的花，很想摘一朵带回家。她朝梅伯伯家望去——他竟然站在院门口，望着她呢！

她拔腿就跑，找到泥鳅，将它带出了番薯地。泥鳅吃了许多番薯藤，还把地踩了个稀巴烂。奶奶拿着鸡蛋去向邻居赔礼道歉，回来时一脸不悦。娅娅心里很过意不去，但这种心情很快就被那几枝红花带来的惊喜赶跑了。

那是什么花？为什么没有叶子？它是梅伯伯种的药草吗？他最讨厌别人碰他的药草了。但娅娅又想，那几枝花长在松树林里，是野花吧？

谁都可以摘野花。

第二章
一枝花，一杯水

"跑啊，小东西！"

第二天上午，山谷里弥漫着浓雾，是一个太阳晚出的晴天。早餐后，娅娅套上红色雨靴，牵着泥鳅出门。她把牛牢牢地拴在荒地的桑树上，来到前一天的松树林。那几枝红花还在。猩红的花瓣在露水的滋润下娇艳欲滴。娅娅的心欢腾起来，像麻雀唱着快乐的歌。

梅伯伯家的院门与大门都紧闭着。院子里也没有人。娅娅像猫靠近猎物一样走近花朵，迅速摘下一枝花，塞进了连帽卫衣的大口袋里。

就在那一刹那，她感觉到有什么东西在向她靠近。她什么也没有看见，双腿已经开始往回跑了。

一只小动物突然咬住她的雨靴。她摔倒在地。那是梅伯伯家的长毛狗阿黄。这讨厌的阿黄，长着一双势利眼。平时娅娅喂它吃的，它就殷勤地摇尾巴，一副温驯的模样。今天它竟装作不认识娅娅，咬住她不松口。

娅娅用脚踢它，抓起身边的泥块砸它。阿黄跳开了。娅娅站起来往前跑。阿黄跳到她的前面拦住她，龇牙咧嘴的样子让人害怕。

娅娅不知所措。

这时，阿黄似乎听到了主人的呼唤，离开娅娅，往梅伯伯家跑。娅娅看见梅伯伯拄着拐杖站在院门外，招手让自己过去。

她被看见了，逃不掉了。去就去，有什么好害怕的？娅娅给自己打气。摘一朵野花，他管得着吗？可是，如果花是他种的呢……

她慢慢地朝梅伯伯走去，心咚咚咚地在胸膛里撞着。要是他认为自己是小偷，那多丢脸啊！小偷？她并不想做小偷，她只是太喜欢这朵花了。

娅娅走近了。梅伯伯微笑着，朝她点点头，什么也没说。他领

着娅娅走进院子，朝院子一角指了指，做了一个摘花的动作。

那里种着各种各样的盆花。其中一盆正盛开着她刚采摘过的红花。娅娅的脸红了，愣在那里。梅伯伯颤巍巍地走过去，摘下最大的一朵花，递给娅娅。红色的花朵像冬日的阳光温暖着她的心。她接过花，对梅伯伯露出笑容。

梅伯伯也笑起来，摊开空空的右手。娅娅很熟悉，那是他开始变魔术的招牌动作。果然，梅伯伯的右手在空中挥舞了几下，从长胡子底下穿过，变出一小包麻辣牛肉干。他将牛肉干塞给娅娅，拖来一张小凳子让她坐下吃。

娅娅把梅伯伯送的花放在地上，打开食品袋吃起牛肉干。又香又辣又有嚼劲的牛肉干真是美味极了！

一直在院子里转来转去的阿黄，闻到了牛肉干的香味，摇着尾巴跑到娅娅跟前，眼巴巴地盯着她手中的食物。忘恩负义的势利狗，我才不想给你吃呢，娅娅想。但当她与阿黄充满渴望的眼神相遇时，心里却生出怜爱之情。她分给它一大块牛肉干，还拍了拍它的头。

雾渐渐散了，阳光照在院子里，为所有东西投出淡淡的影子。娅娅注意到了影子，她看见阿黄长着长毛的尾巴影子，摇摆起来像一面旗子，甚是好看。她踩住它的影子。阿黄也觉得很有趣，转过头，尾巴不停地摇摆，不让娅娅踩到它的影子。娅娅和阿黄玩够了，便开始打量起自己和梅伯伯的影子来。

咦？梅伯伯的影子到哪里去了？她抬头看梅伯伯，只见他站在花盆边，眼睛看着那些花，一副若有所思的样子。

他怎么会没有影子呢？娅娅好奇极了。她的目光在梅伯伯四周

搜索。梅伯伯确实没有影子，真奇怪！

他的影子也许被天狗吃了吧。奶奶不是说了吗，每年端午节的时候，如果谁不洗药水澡，天狗会把他的影子吃掉。梅伯伯一定没有在端午节那天洗药水澡吧？

麻辣牛肉干虽然很好吃，但娅娅只吃了两块，就感到无比口渴。她走到梅伯伯身边，对他做了一个想喝水的动作。梅伯伯点点头，慢吞吞地回屋里倒水。

娅娅不好意思跟着去，便坐在板凳上等待。阿黄趴在她脚边，眼睛一直盯着她的手。娅娅把剩下的牛肉干都给了它。它欣喜若狂地摇着尾巴，吃着牛肉干。突然，它停下进食，猛地站起来朝屋里冲去。娅娅跟着它来到大门前。

屋里十分狭小昏暗。正对大门的墙上，立着一个占了整面墙的药柜。大大小小的药瓶与抽屉把每一个格子都塞满了。最远的墙角是灶台与橱柜。灶台前有一张小餐桌。桌上放着一个保温壶和一个小碗。碗里冒着热气。

屋子里没有人。梅伯伯与阿黄不见踪影。

娅娅敲了敲门。梅伯伯从药柜的一侧走出来。他朝娅娅挤出笑容，往餐桌走去。阿黄跟在他身后蹦来蹦去，嘴巴一张一合地吠叫着。

它为什么对着主人叫呢？这让娅娅困惑不已。

梅伯伯来到餐桌前，把碗端起来。这时，他似乎被谁推了一下，身子猛然往前倾，水泼了一地。他扶住餐桌稳住自己，愤怒从脸上一闪而过。他打开保温壶，重新添加了水，递给娅娅。

娅娅把水喝了。水是温热的，但喝下去之后，喉咙却凉凉的。她

刚把碗放下，梅伯伯就推着她往外走，似乎要让她赶紧离开。

她刚走到门槛边，一股寒气从身体里冒出来，直冲喉咙与鼻孔。她打个喷嚏，身体一下子变得轻盈起来，像一片羽毛在空中飘飞，然后坠落在地。她惊奇地发现，眼前的门槛变高了。她得跳过去才能出门。

"啊——你这卑鄙的东西！"梅伯伯的惊呼声从身后传来，"你干了什么？"

娅娅吓了一跳。她听见声音了！她回头看，只见屋里的灯打开了。梅伯伯变成了巨人，在墙上投射出巨大的黑影子。

他的影子回来了，真奇怪啊！更奇怪的是，梅伯伯打开手电筒，对着

影子不停地挥舞，像拿着光之剑在劈砍怪物的战士。

"把她变回来，你这混蛋！"梅伯伯愤怒地叫道。

光一遍又一遍地划过墙面。影子左躲右闪，跑出墙面不见了。一个沙哑的声音在屋里回荡："主人，只要您把那东西给我，我就将她变回来。"

"我说了它不在我这里。我弄丢了。" 梅伯伯寻找着影子。手电筒的光在空中乱划。

"那么重要的东西您不可能弄丢。您若不交出来，我就把她抓过去做魔药。"

"你不能伤害她！"梅伯伯吼道。

"我在这里仅仅是影子，抓不住她，但我可以让您动手，是您在伤害她。"影子冷冷地说。他回到墙面上，弯着腰朝梅伯伯撞去，"把她抓回来。"

梅伯伯的身子歪了歪，倒在地上。

娅娅完全被吓坏了，愣在原地一动不动。

"快跑，孩子。"梅伯伯朝她喊。娅娅这才意识到危险。她跳过门槛，朝院门冲去。

身后，影子叫起来："站起来，老东西，把她抓住！"

娅娅跑到院门口，被眼前的景象惊呆了。那个熟悉的世界完全变了样——院子的围墙变成高高的城墙；小树变成参天大树；蔬菜和野草都长高了，挡住她的视线。她不知道该往哪里跑。

背后传来梅伯伯的咒骂声，家具翻倒的声音，以及阿黄不绝于耳的狂吠。娅娅看见梅伯伯已经扔掉拐杖，手中拿着一个捕鱼的抄网，脚步不稳地走出了屋子。

"跑啊，小东西！"梅伯伯朝娅娅大叫。他在院子里时而摔倒在地，时而被看不见的影子拉起来，推着往前跑，像一个提线木偶在踉跄前行。

阿黄急得团团转，围着主人跳来跳去，扑到空中胡乱抓咬，把主人的裤子扯下一大块。梅伯伯一把抓住阿黄的后腿，将它朝娅娅扔去，喊道："去追她，让她跑！"

阿黄撞在娅娅身上，发出一声嗷叫。娅娅惊得像弹簧一样跳起来。她跃过小径，跑过菜地和稻田，慌不择路地往种满番薯的山坡跑去。

梅伯伯已经完全被他的影子控制。他一下子跳起来，像年轻人一样腿脚麻利地冲出院子，朝娅娅逃跑的方向追。娅娅在番薯地里蹦跳。起了垄的番薯地高低不平，她不停地摔跟头，行动缓慢。

阿黄的叫声追随着她，越来越近。比起被人追赶，娅娅似乎更怕被一只狗追逐。她跑啊跑，只想摆脱阿黄。她终于跑出番薯地，冲进长满悬钩子的林地。她的脸被悬钩子的刺钩住，疼痛不已。她没有退路，只能往里钻。越往里钻，悬钩子的枝条越密集，钩刺也越来越多。她被困在灌木丛的最深处，等着束手就擒。

阿黄的叫声没有了，但娅娅能闻到它身上的气味。它在靠近她。娅娅的心急剧跳动，像冰雹敲打着窗户。阿黄匍匐在地，呼呼呼地嗅着，湿漉漉的鼻子碰到了娅娅。她流出眼泪，整个身子缩成一团。

"别怕，我是来帮你的。"阿黄说。

阿黄竟然能说话！娅娅很惊讶，但她什么也没说。

阿黄咬开困住娅娅的悬钩子枝条，说："快跟我走。主人要追上来了。"它灵巧地在灌木丛中钻出一条小道，带娅娅走出去。他们来到一片杂树林，在乱石间找到一个废弃的洞。

"快到洞里躲一躲。我去把主人引开。"阿黄又说。

"这是怎么回事？"娅娅终于有勇气说话了。可她的说话声像鸽子一样咕咕叫，连自己也听不清在说什么。但阿黄似乎能理解她的话。

"主人是个好人，只不过他现在已经变成了影子的傀儡，无法保护你了。只要你不被他抓住，就会没事的，快进洞里去吧。"阿黄朝那个洞看了一眼，又补充道，"娅娅，我以前追老鼠的时候来过这个洞。它很深，像迷宫一样复杂，还有好几个出口。你千万不要往里走远了，会迷路的。哦，我觉得你应该把这个带上。"阿黄坐起来，扭过头，从长毛尾巴上解下一个铃铛。

那是梅伯伯的铜铃，它竟然藏在阿黄的尾巴上！

阿黄把铃铛系在娅娅的脖子上说："要是你找不到回家的路，就找个安静的地方，把它放在耳边倾听。它会唱歌带你回家的。等你回来后，记得把它还给主人。如果主人发现它不见了，会很伤心的。"说完，阿黄把她推进洞，急急地离开了。

洞里的空气干燥又沉闷，娅娅感觉很不舒服。她急着想出去，但又不能原路折回，只得一直往里走，寻找其他出口。洞越来越深，也越来越黑。她惊讶地发现，自己竟能看清黑暗中曲曲折折的通道，以及许多难以选择的岔路。她凭直觉选择左边，右边，右边，左边，拐了数不清的弯。最后，她嗅到清新甘甜的空气，看到前方有一个明亮的出口。那里有阳光在闪烁，有黄色的花朵随风摇曳，宛若天堂。

她兴奋地冲进那片光明之地,来到一大片开满菊花的花田里。

空气中已经没有危险的气息,只飘着沁人心脾的菊花香和野草香气。风轻轻地吹过花田,娅娅的身体放松下来。她口渴无比,便离开菊花田寻找水源。她在长满茅草的荒地中找到一个水坑。水很干净,映着蓝蓝的天和白云。她迫不及待地跑过去喝水,赫然看见水中出现一个白色倒影,吓得直往后退。

倒影中,一只小白兔用红宝石般的圆眼瞪着她。那对长长的兔耳朵在阳光下闪烁着彩虹般的光芒。

第三章

如意算盘

"吃肉的麻辣兔啊!"

第三章 / 如意算盘

她变成了一只兔子,一只长相奇特的兔子!

她打量着自己。毛茸茸的前后腿和身子,像雪一样白。兔耳朵是彩虹色的,长度是普通兔子耳朵的两倍。它们可以扭曲成麻花状,可以抖动,可以垂下或卷起来,或者直挺挺地立着。一条短短的尾巴贴在尾部,像一团棉花。

那杯水!水里有什么东西?娅娅疑惑地想。可那是梅伯伯倒的水啊!他为什么要这么做?不对,是他的影子干的。他不是嚷着让影子把自己变回去吗?影子把什么东西加进水里去了。她不想成为一只兔子,可她要怎样才能变回去?这是什么地方……

一阵叫骂声打断了娅娅的思绪。她躲进茅草丛,后腿站立,竖起兔耳朵,看见一只戴着破草帽,穿着蓝色马褂的大黄猫站在菊花田里。他一只爪子挂着锄头,另一只爪子叉在腰间,正在破口大骂:"没心没肺的强盗,给我滚出来!"

他说的是我吗?娅娅不安地想,我没做什么呀。

"我知道你躲在附近。你这损坏菊花的恶棍!"黄猫气呼呼地叫嚷着。他在田地四周走动,搜索着入侵者。

糟糕!一定是我刚才跑过菊花田时踩到了他的花。娅娅俯下身子,把兔耳朵贴在颈后,趴在草丛中一动不动。

"出来,发臭的鱼干!"黄猫的声音离娅娅越来越近,"我闻得出你的气味,你这无赖!"他走进茅草丛,用锄头横扫茅草尖。排山倒海般的哗啦声让娅娅颤抖起来。她抑制不住逃跑的冲动,从草丛中蹿了出去。黄猫发现了她,将锄头一扔,一边发出尖厉的喵呜声吓唬她,一边紧追不舍。娅娅拼命狂奔,翻过一座小山丘,躲进山谷中

的芒草丛。

过了好一阵子，四周没有任何异样。风吹着芒草簌簌作响，一片祥和。娅娅嗅嗅空气，没有猫的气味，便小心翼翼地探出头来，四处察看。可她刚露出头，一个黄色的身影似箭一般从旁边的小树上射下来，用尖利的牙齿钩住她后脖颈的皮毛，将她叼起来一路奔跑，来到山丘上一棵大榕树下。

黄猫将她扔进木笼，咔嗒一声锁上。他吹吹猫胡子，鼓着绿眼睛对俘获的猎物说："想逃？哼，门都没有！你糟蹋我的菊花田，是想让我饿死吗？你要怎样赔偿我？"

娅娅缩在木笼一角，发出低低的咕咕声。她无法说话，急得眼泪都流了出来。

"别在我面前装可怜。我讨厌眼泪。"黄猫眨巴着眼睛说，"犯错就得承担责任，像你这样的小东西也不例外。"

娅娅不由自主地颤抖着身子。

"我又不会吃你，抖什么呢？"黄猫说，"虽然猫都喜欢吃老鼠，但我金吉不一样。我是出身高贵的狮子猫，月亮坡的领主。我从不碰毛茸茸的生物。"

金吉歪着脑袋把兔子打量一番，看到了那个铜铃。"这是什么？"他把铜铃扯下来，"多漂亮的铃铛啊！黄金做的吧？"他把玩着铜铃，摇一摇，没有声音，"呵，一只破铃铛啊，连舌头都没有。不过做配饰倒不错。"他把铜铃系在马褂的扣子上，得意地拍了拍它。

娅娅很不满。这只蛮横的猫怎么可以抢属于她的东西？她还需要铜铃带她回家呢！愤怒让她暂时忘记了害怕，她瞪着金吉，发出响

亮的"咕咕"声表示抗议。

"别那么小气嘛，一个破铃铛而已。"金吉不屑地说，"你知道那些菊花有多珍贵吗？一年才开一次花，是要做成花茶去卖的。这个铃铛根本无法弥补我的损失。对了，冬天就要来了。我还需要一些兔毛铺床。只要你把那一身兔毛给我，我就不再追究你的过错。"

拔兔毛？娅娅想起悬钩子钩住她皮毛时的疼痛，不由得躬起身子，绷紧肌肉，朝金吉露出大门牙，一副凶狠的模样。

"你不愿意？这可由不得你。谁让你糟蹋我的花呢？你的毛脏兮兮的，还有一股臭味。在弄兔毛之前得先给你洗个澡。"金吉说着，打个哈欠，"啊！该睡午觉了。这事等我醒来再说吧。"他将木笼挂在树上，然后消失在榕树上的一座树屋里。

这是一棵巨大的黄桷榕。在娅娅的家乡，有许多这样的古榕，只是没有一棵比眼前这棵更雄壮，更令人叹为观止。如塔楼般粗壮的树干上，粗细不同的气生根或缠绕其上，或垂直向下伸入泥土，形成新的树干，把整棵树变成一座小森林。树干的顶端，密密麻麻的细枝向天空伸展，撑起比足球场还要大的树冠，壮阔无比。阳光透过树叶的缝隙，如繁星在闪烁。在古榕树下，是岩石遍地的丘陵。一座座山丘起起伏伏地一直蔓延到远方。在山丘之间，有浅浅的山谷，一条闪着亮光的小河穿流而过。

娅娅无心欣赏古榕与四周的景色。她在笼子里烦躁地蹦来蹦去，又饿又害怕。她用大门牙啃笼子上的木条。木条硬如钢铁，差点把她的门牙磕断。她只好放弃。

转身听见

金吉睡了整整一下午,直到太阳快落山时才醒来。他在树上梳洗毛发,唱着歌:

清清的小河呀

游过我的门前

带着我的鱼干到山南

山南的公主呀

留在我的心上

跟着我的歌声回家来

你是我闪耀的星啊

在无月的天空

照亮我迷茫的路

你是我灿烂的花啊

在无尽的寒冬

温暖我孤独的小屋

我来了

明天吧

后天吧

不久的将来吧

我会带着我的勇气

和心爱的鱼干

沿着清清的小河

来到你身边

唱完了歌,金吉跳下树,准备去河边捕鱼做晚餐。他看见笼里的白兔,拍了一下脑袋,说:"我差点把你忘了!看来睡得太多对记忆力没什么好处。"他把木笼拿下来,又想了一下,"我要做什么呢?

对，要给你洗澡，用干净的兔毛铺床。不过我得先吃晚餐。你也吃点吧？要是饿坏肚子，毛色就不好看了。"

金吉采来一把青草塞进笼子。娅娅虽然饿得发慌，却对青草瞧也不瞧。

"挑食的兔子。"金吉嘀咕道。他又采来其他草，摘来几串野果。兔子嗅也不嗅。

"你究竟想吃什么？"金吉不耐烦地拍着木笼说，"难道你想吃肉，像麻辣兔一样？你不像一只麻辣兔。我听说麻辣兔都大如毛驴，叫声如吹箫，即使是小兔崽子，也没有你这样的小个头吧？嗯——我很快就会弄明白的。"

金吉去小河抓了一条小鱼，忍着想把小鱼吞进肚子的冲动，把它带回来扔给兔子。兔子双眼闪着泪花，可怜巴巴地望着金吉。

"我讨厌爱哭鬼。"金吉避开兔子的眼睛，从笼里拿出小鱼，"我再试最后一次。你要是不吃，这条鱼就归我了。"

金吉在树下生起篝火。从树屋拿来一些盐、花椒与辣椒粉，撒在清理干净的鱼上，再用棍子串起鱼，放在火上烤。很快，空气里飘来鱼的香味。金吉咽着口水。白兔目不转睛地盯着烤鱼，鼻子不停地翕动。鱼烤好了。虽然鱼尾巴和鱼皮烤焦了，但整体看起来不错。金吉从棍子上取下鱼，扔进笼子。兔子狼吞虎咽地把鱼吃掉，连鱼骨头也没留下。

"吃肉的麻辣兔啊！"金吉目瞪口呆地看着兔子，喃喃地说，"麻辣兔入侵月亮坡，这可不得了。我得赶紧向大巫师汇报这件事，还得少睡点觉，加强领地的巡逻。"

第三章 / 如意算盘

娅娅的舌头带着麻辣调味料带来的酥麻感，胃口大开。她在家里的时候非常喜欢吃麻辣味的饭菜。每当妈妈做香喷喷辣乎乎的辣椒油时，她都忍不住流口水。她微张着滴着鱼汁的三瓣嘴，吊着半截舌头，满怀期待地望着金吉。那条烤鱼太小了，还不够塞牙缝呢！她希望金吉能多弄几条鱼。

金吉把兔子看了好一会儿，才缓缓地说："我不能用你的兔毛了。睡麻辣兔毛铺的床，不是自找麻烦吗？"

他要放我走了，娅娅想。她激动地跑到笼子边，忽闪着红眼，咧开嘴笑了。

"我好不容易抓到你，才不想让你走呢。"金吉思忖着说，"如果我把你带到巫师阁，请大巫师用魔药改掉你吃肉的恶习，变成一只普通的兔子。我就可以留下你当宠物，给孤单的金吉做个伴。哈，这真是个好主意。"

娅娅听了，不由得后退几步。在她所读过的童话故事里，没有一个巫师是好人。

"别害怕。"金吉的语气变得无比温柔，"大巫师是人们对白面巫师的尊称。他是百花镇的守护者，人人敬仰的魔法师。他有许多魔法药水，知道如何改造麻辣兔。"

金吉变得殷勤起来。他把笼子放在篝火边给兔子烤火，又去河边抓了两条鱼，迫不及待地生吃一条，把另一条鱼整理好带回去，耐心地加上调料烤好给兔子吃。他还回树屋拿来几条鱼干说："这些鱼干是我珍藏的宝贝，我把它给你吃，你可要乖乖听话啊。"

娅娅照单全收。她填饱肚子，又喝足了水，浑身被火烤得暖乎

乎的。她不想逃了。

如果大巫师真的是魔法师，肯定会认出我是一个人类女孩，会把我变回去的，她想。

那天夜里，金吉用干草在笼子里做了舒适的窝，增加了一个固定在笼子里的水杯。睡觉时把笼子挂在自己的树屋里，方便照顾。

在经历了大半天担惊受怕的日子后，娅娅很疲倦。她缩在窝里，缓缓地闭上眼睛。然而敏锐的兔耳朵常常立起来，捕捉到夜风里细小的虫鸣声，夜鸟的尖叫声，以及金吉的呼噜声。她的身体也因这些声音不断地绷紧，放松，再绷紧，再放松。她翻来覆去睡不好觉。后来，她实在累极了，才在渐渐平息的夜风中入眠。

第二天一大早，金吉给娅娅准备了鱼干早餐。餐后，他用小木盆给她洗热水澡，生起篝火烘烤她，为她梳毛，直到兔毛重新变得洁白蓬松。娅娅倍感舒适，对金吉渐渐有了好感。

金吉用一块黑布罩住笼子，一边整理布罩一边说："好好待在笼子里，小乖乖。我们很快就会回来的。"

他们出发了。娅娅待在笼子里，完全看不到外面的情况，但能感觉到金吉在走了很长一段路后上了一艘船。她听见海浪的声音、船的鸣笛、报站声和各种口音的说话声，闻到船上各种奇怪的味道，像闯进了动物园。不久，他们在"百花镇"的报站声中下船，来到了喧闹的街道。街上到处都是吆喝马匹的声音、铃铛声、叫卖声、歌声和人们的交谈声。

多热闹的地方啊！像家乡小镇的集市一样，一定摆满了各种好吃的好玩的东西吧？娅娅闻着空气里浓浓的花香与食物的香气，兴奋

地跳来跳去。她真想出去看看呀。

不久，金吉开始不停地往上走，像是在爬长长的阶梯。四周的喧闹声渐渐远去。她听见金吉喘着粗气，敲响了某户人家的门。门嘎吱一声打开了，有人出来问话："金吉，什么事？"

"我找大巫师。"金吉说，然后他压低声音和那个人说话。

娅娅听不清他们在说什么。一阵神秘的叽叽咕咕后，笼子上的布罩被揭开了。她看见头顶出现一张男孩的脸。他俊秀的脸庞是陶瓷做的，五官棱角分明，泛着瓷器特有的光泽。他长着红色卷发，看起来像套着一个红色棉花糖。他把兔子打量一番，用手使劲戳了几下兔子的脊背。娅娅非常生气，发出"咕咕"声表示抗议。瓷男孩笑了一下，重新盖上布罩。随后，笼子从金吉手上递出去，一阵细微的金属碰撞声响起。过了一会儿，门重重地关上了。四周只剩下男孩"啪嗒啪嗒"的脚步声在院子里回响。

笼子不停地摇晃着。水杯里的水泼出来，溅在兔毛上冷冷的。娅娅不安地跳着。

不久，又一扇门打开了，笼子停在某个平整的地方。一股浓烈的药水味让娅娅打了几个喷嚏。

"师父，我买到一只特别的兔子，是月亮坡领主金吉送来的。"男孩说。

"那个穷光蛋农夫能有什么好东西？"一个沙哑的声音问道，"你给了他多少钱？"

"二十金币。"

"雨娃，你脑子糊涂啦？什么兔子值那么多钱？"

"它和咕咕兔长得一模一样,会发出咕咕声。"雨娃说,"不过我记得咕咕兔不吃肉吧?即使是您用来诱惑麻辣兔的假咕咕兔也不吃。但金吉说这只兔子会吃麻辣烤鱼……"

"我看看。"师父打断雨娃的话。

娅娅这才恍然大悟。金吉把她卖了!这虚情假意的骗子!更让娅娅不安的是,这位师父说话的声音听起来很熟悉。

笼子上的布罩再次被揭开。娅娅抬头看见了大巫师的真容——梅伯伯。

第四章

出了点差错

"终于有人认出她了!"

大巫师的容貌和梅伯伯几乎一模一样，像一对双胞胎。不同的是，巫师的脸白得似糖霜，没有一丝血色。他的耳朵不是人耳朵，而是像猫耳朵那样带着耳尖。他的长胡子并不是散开的，而是用一串彩色珠子系着。他穿着黑袍子，外面披着一件黑毛披风，将整个身体盖得严严实实。他泛着白光的眼睛盯着笼里的白兔，脸上露出惊喜的神情。

"你这小东西，跑来跑去还是跑到我手里来了。"他低声说。

啊啊！他是梅伯伯的影子！娅娅缩到笼子一角，身子筛糠似的抖动。

"我在那边只能借主人之手抓你，但在这里，我什么都能做。"巫师说着，把灰白色的手伸进木笼，一下子掐住了兔子的脖颈。娅娅浑身冰冷僵硬，血液几乎停止流动。她想咬那只手，但头动不了。

巫师的手在兔子的脖子上搜索一遍，愤怒地低语："我知道阿黄把铜铃给你了，铜铃呢？"

娅娅无法说话。即使她能说话，也不会告诉他。她不知道巫师要铜铃做什么，但她需要铜铃回家，她是不会给他的。

"哦，我忘了。"巫师轻声说，"你是一只野兽，无法和我交流。看来只有把你变回来，才能告诉我答案。"

这时，雨娃凑上来问："师父，这是咕咕兔吗？"

"是我改造后的假咕咕兔。它没被麻辣兔吃掉，在野外改变了食性。"白面巫师恢复正常的说话声，"它出现在月亮坡，说明那里可能有麻辣兔出没，我现在得去看看。你在这里看好它，将它麻醉，不能让它跑了。等我回来做下一步处理。"

"师父，您是要去捉麻辣兔吗？为什么不带上咕咕兔？"

"这只兔子另有用处。"巫师整理衣袍，戴上一顶黑色斗笠，拿起一根带着白毛笔头的毛笔巫杖准备出门。他又叮嘱雨娃，"用最强的麻醉剂，红色瓶子里的药水，十毫升的剂量，记住了吗？"

"记住了，师父。"

巫师刚走到门边，雨娃叫住他："师父，我可以请求您一件事吗？"

"什么事？"

"下次您去捉麻辣兔的时候能带上我吗？我跟随您做学徒已经快三年了，除了做家务和配制简单的魔药，什么都没有学到。"

"你以为你父亲送你来是学魔法的吗？"巫师冷冷地说，"你能在这里平安无事，已经是非常幸运的了。你还在奢求什么呢？"

送师父走后，雨娃把大门从里面锁上，关上窗户。

他把兔笼重重地放到实验台上，不满地说："爸爸送我来这里就是让我来学魔法的，可师父一天到晚只叫我做一些杂活。即使我在这里再待十年，什么魔法也学不到。"他看着兔子，又说，"我还不如你这只咕咕兔呢！虽然师父把你从一只普通的生物变成咕咕兔，当成诱饵被麻辣兔吃掉，但正是因为你，师父才能找到那些神出鬼没的家伙，消灭他们，维护百花镇的安全。你是一位功臣，是一位默默牺牲的英雄，而我什么都不是，只是一个被困在巫师阁的陶瓷保姆。"他说着说着，眼圈变红了。那张陶瓷脸看起来很悲伤，失去光泽。

"哎！要是爸爸哪一天来看我，我一定要请求他带我离开这里，可他为什么从来不来看我呢？他会不会生病了？或者他抛弃我了？不

可能，他说过他会接我回家的。我相信他。"他重重地叹口气，"我还是把师父交代的事做好吧。只要他不生气，我在这里的日子会好过一点。"他拍拍兔笼，对兔子说，"我要给你注射麻醉剂，要乖乖的啊。"

娅娅最害怕打针。她在镇医院治疗耳朵时，每天都要打针。她一看见穿白大褂的医生，浑身就会发抖，心跳加快。她在笼子里左冲右撞，用门牙啃木笼。

雨娃一边准备麻醉剂，一边安抚道："安静，兔乖乖，打针一点也不疼。"

不疼？每次打针前，医生和爸爸都这样说。其实打针疼得要命！每当医生举起注射器，她都要大喊大叫着跑开。爸爸得把她抓住，紧紧地抱着她才能完成注射。每一次打完针，她都要哭上好久，直到嗓子哭哑了才停止。

雨娃将一个红瓶子里的药水注入一支大拇指粗的注射器，亮晶晶的针头闪着寒光。"咕咕咕"，"咕咕"，娅娅发出响亮又急促的哀嚎声，把笼子撞翻在地。

"安静下来，你这狂躁的小兔子。你这样让我怎么打针呢？"雨娃把注射器放在实验台上，拾起兔笼，用一本厚重的书压在笼子上。兔子依然像愤怒的公牛，撞得笼子"砰砰"响。

"这不是办法。"雨娃想了想说，"对了。你喜欢吃肉，我正好有一些猪肉脯，你可以尝尝。那可是上等的美味哟！"

娅娅明白，他是想等自己吃肉的时候，趁机注射。她知道动物园里的医生给动物们打针就是这样干的。她才没这么笨呢。

雨娃从抽屉里拿来一大块猪肉脯。他把手伸进笼子,抖着那块肉引诱兔子。兔子跳过去,在雨娃的手背上狠狠地抓了一下,在陶瓷皮肤上留下几道划痕。

雨娃迅速收回手,恼怒地说:"你竟敢抓我!看来我得用点手段才行。"

他拿来一把短柄钢叉,小心翼翼地打开笼盖,迅速又准确地叉住兔子的脖子。娅娅无法逃脱。她踢蹬着后腿挣扎,钢叉却越来越紧。她快喘不过气了。

"这回逃不掉了吧?"雨娃得意地说,"乖乖地别动,很快就好了。"他右手紧握钢叉,左手去拿台上的注射器。注射器有点远,他够不着。他把身子倾斜一些。娅娅立刻感觉到钢叉扣在脖子上的力量减弱了。她毫不犹豫地用力一顶,甩掉钢叉,蹦出笼子,从雨娃鼻子上方擦过,把他惊得跌倒在地。

娅娅在实验室里乱蹿。她撞倒了形形色色的实验仪器,打翻了大大小小的瓶瓶罐罐。许多冒着泡泡、臭气与浓烟的液体从瓶子里流出来,在地板上发出"嗞嗞"声。

"天啦!快停下来,师父会杀了我的!"雨娃一边抢救实验器材与药水,一边绝望地大叫。

娅娅跳到书架上。书本和许多陈列在架上的小东西落下来,噼里啪啦地散落一地。她失足跌落在柜台上。雨娃扑上来,几乎抓住她的后腿。她往前一蹦,砰的一声撞在一面细长的椭圆形镜子上。镜子坚强地摇晃几下,翻个筋斗落在地上,啪的一声摔碎了。

"啊啊——"雨娃尖叫起来。

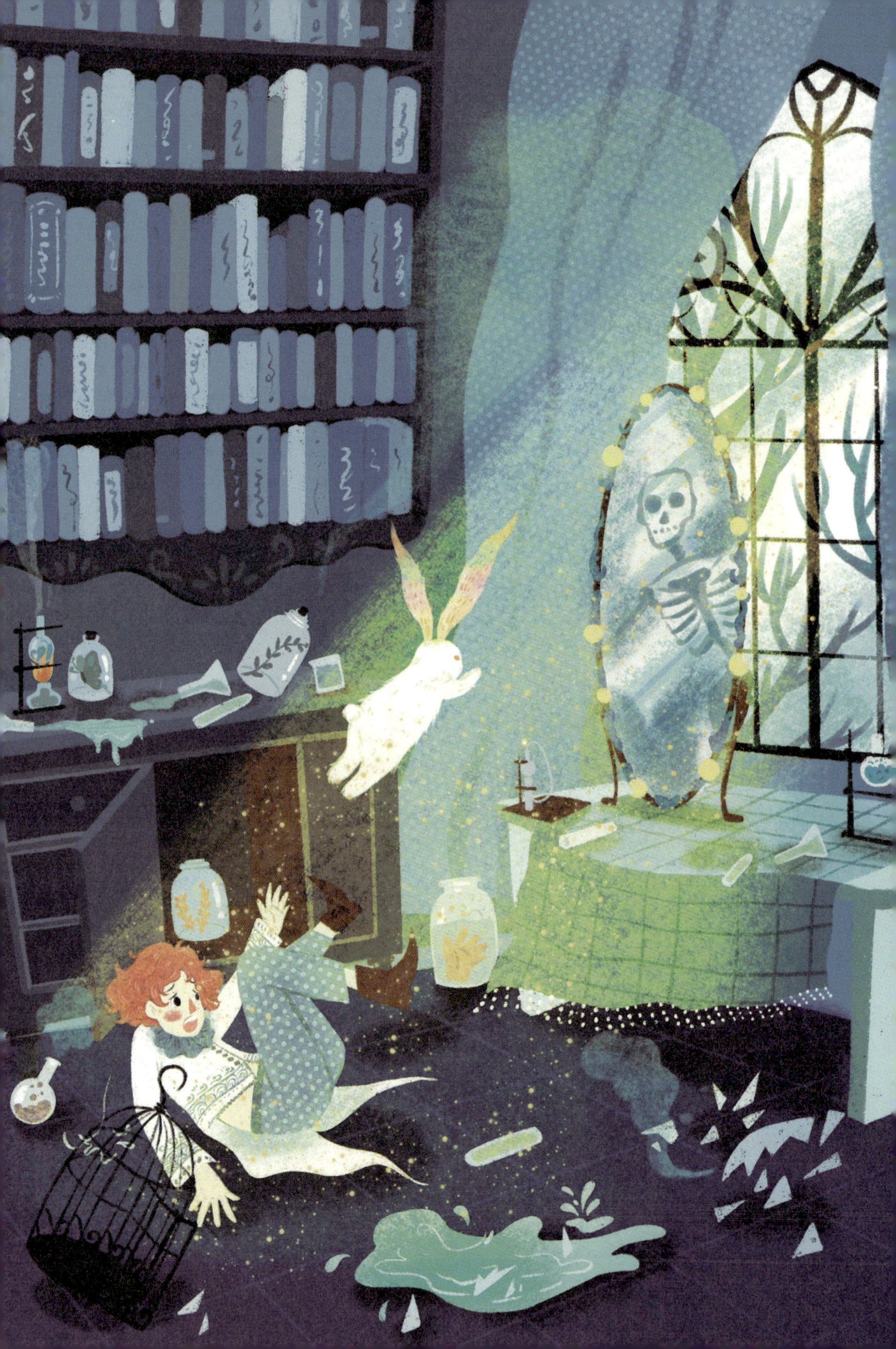

第四章／出了点差错

娅娅恍恍惚惚地从碎玻璃片中钻出来,再次跳上柜台,跃到书架上,然后蹿到书架顶部,蹦到屋顶的横梁上。

漂亮的三连跳!没有哪只兔子能做到吧。娅娅为自己感到骄傲。下面一片死寂。她好奇地探出头往下看,只见雨娃仰着头,目瞪口呆地望着自己。

过了许久,雨娃才缓缓地说:"你不是一只兔子。你是一个人类的——小孩?"

终于有人认出她了!娅娅心中涌起一股暖流。

"那面镜子是显影镜,能显露一切事物的本来面貌。"雨娃指着镜子碎片说,"你撞在镜子上的时候,我看到一副人类的骨架。你是人类吗?"

娅娅点点头。

"你能听懂我说话?瞧我都干了些什么呀!"雨娃抓着自己的红头发说,"我差点伤了一个孩子。你快下来吧,我不会伤害你的。"

娅娅还记得金吉骗她来百花镇时的情景,她不敢轻易相信雨娃的话。雨娃是巫师的徒弟,他们是一伙的。她看见横梁的末端搁在山墙上。那里有通往外面的洞口,够一只兔子钻出去。她朝山墙蹦去。

"回来呀!你这模样会被别人当成兔子捉住的。让我帮你恢复人形吧。"

娅娅停下脚步,转过头犹疑地望着雨娃。

"相信我。"雨娃朝娅娅伸出手,"我对变形术不精通,但我会调制变形魔药,把你变回原来的样子。这样你出去之后就安全了。"

娅娅的心动摇了,但还是没动。她盯着雨娃的眼睛,看到一

抹让人安心的柔和光芒。

"我保证，我会放你走。"雨娃说，"师父一定是弄错了，认为你只是他用普通生物改造后的假咕咕兔，所以才让我将你麻醉。但这些都不重要了，我们把实验室全毁了，连显影镜也打破了。我放不放你走都会受到惩罚。既然这样，我还不如放你走，也算做了一件好事。"

娅娅终于相信了他。她跳下横梁，落在柜台上。

"我们最好赶紧行动，在师父回来之前完成这件事。"雨娃说。

他在乱成一团的瓶瓶罐罐中翻找药水，把它们统统加到一个广口瓶中。他时而胜券在握，欢喜地往瓶中加入某种药水；时而皱紧眉头，为手中的药水是否合适而冥思苦想。

魔药终于调好了，是一种像橙汁一样的黄色液体。雨娃的手中变出一支竹笛。他念了一段咒语，将竹笛对着药水吹一口气，然后把药水盛在一个小玻璃杯中，端着它说："喝掉它，很快就会起作用的。"

娅娅看了看雨娃，又看了看魔药，鼓起勇气张开嘴。雨娃把所有的药水倒进兔子嘴巴里。药水没有什么味道，和白开水差不多。娅娅等了一会儿，感觉到身体像气球一样开始膨胀，之后，一股沉重的力量感充盈身上所有的细胞。她看着自己毛茸茸的四肢和身体，在褪去萦绕全身的光芒之后，变回了人类女孩的模样。

她依旧穿着原来米色的连帽卫衣和牛仔裤。一双红雨靴上还粘着新鲜的泥土。

她试着说话。"哎——"当她听见自己的声音从喉咙中挤出来时，不由得惊了一下。

第四章／出了点差错

"哇！我变回来了！我能听见声音啦！"她兴奋地叫道,脸上绽放出灿烂的笑容。她跳到地上,转着圈,兴致勃勃地打量着自己。

雨娃抿着嘴,用古怪的眼神看着她。

"有什么不对劲吗？"娅娅问。

"魔药可能出了点差错。你的兔耳朵没有变。"雨娃窘迫地说。

第五章

还给我

"这是我的。"

娅娅摸到了脸颊两侧毛茸茸的兔耳朵，叫起来："怎么会这样？我的人耳朵呢？"

"对不起！我——我配制魔药的水平还需要提高一下。"雨娃红着脸说，"你刚才说什么？人耳朵？你有人耳朵？"

"我是一个人，当然有人耳朵。"娅娅把雨娃像银杏叶一样的耳朵看了看说，"它和你的耳朵不一样，外形像一个问号。你能重新配制魔药，把我的人耳朵变回来吗？"

"我只在书上见过人耳朵，无法准确复原。我担心又出差错，会把你变成其他样子。"

"你没见过真正的人耳朵？"娅娅诧异地问。

雨娃摇摇头。"这里是莫须王国的百花镇。整个王国和小镇有许多和你长得相似的人类，但他们有各种各样的耳朵，没有谁说自己有人耳朵。书上说有一种人类叫龙人，只有他们称自己的耳朵为人耳。那些耳朵没有毛发与耳尖，精致又小巧。但他们生活在海外世界，谁也没见过他们，更别说人耳朵了。"雨娃从书架上翻找出一本书，把一幅人耳朵的画像指给她看。

"我原来的耳朵就是这样的啊。"

"你是龙人？"雨娃打量着娅娅。

"你想怎么叫就怎么叫吧。反正我不想带着兔耳朵回家，别人会把我看成怪物。"

"你真的是龙人吗？"雨娃又问了一次，"你是怎么变成咕咕兔来到百花镇的？"

娅娅把自己如何变成兔子，又如何被金吉抓住卖到巫师阁的事

说了一遍。"你师父是梅伯伯的影子。他在水里做了手脚把我变成了兔子。"娅娅说。

"师父是一个活生生的人,不可能是影子。他只将老鼠、青蛙、小鸟这类普通的生物变成假咕咕兔引诱麻辣兔,抓捕它们,为百花镇带来安宁,是人人爱戴的大巫师,怎么会把人类小孩变成兔子呢?他为什么要这样做?"

娅娅也弄不明白。"我不管他是谁,我只想回家。你能帮我吗?"她恳求道。

"如果你真的是龙人,那就难办了。海外世界在大海之外,只有借助高超的魔法才能到达那里吧。我师父也许有这样的本领,但你愿意找他帮忙吗?"

"我不想见到他。他想抓住我。"

"他抓住你只是因为你是一只有用处的咕咕兔。"

"才不是呢,他想要我的铜铃。"娅娅说,"我应该去找金吉,把铜铃要回来。"

"铜铃?"

"一个会唱歌的铜铃,它可以引领我回家。但铜铃被金吉抢走了。"

"师父拿铜铃做什么?"

"我怎么知道,反正我不会把铜铃给他。我现在就去找金吉。"

"金吉住在月亮坡,离这里很远。你知道怎么去吗?"

娅娅摇摇头。

"师父现在应该还在月亮坡寻找麻辣兔。你会碰见他的。"

"那怎么办呀？"

"你去找我爸爸胡羊大叔吧，他会帮你找到金吉。"

雨娃飞快地写好一封信，把信卷起来塞进一个粉笔大小的信筒里，递给娅娅说："你沿着彩虹大街往东一直走到中心广场。那里有一条路叫黄叶路。路的尽头是一片小树林，那里生长着唯一的一棵银杏树。我爸爸一直住在那里。你只要敲敲树，说你是我的朋友，他会出来见你的。见到他以后，请帮我把这封信带给他。"

娅娅把信筒放在衣兜里，跟着雨娃从实验室出去。走到院门口，雨娃给娅娅一个装有少许钱币的袋子说："你一定很饿了，去街上买点吃的。吃完后径直去黄叶路，不要闲逛。如果你遇到什么麻烦，千万不要回到这里来找我，去找胡羊大叔。"

娅娅把卫衣的帽子戴上，将卷起来的兔耳朵藏在里面，向雨娃道谢后来到彩虹大街。她的面前是一个完全陌生的世界——陌生的街道，陌生的人与陌生的说话腔调。一种淡淡的孤独感笼罩着她。

街道上挤满了许多直立行走的动物居民和像她一样的人类。正如雨娃所说，这些人的耳朵都不是娅娅熟悉的人耳朵，而是有各种各样的形状。有的像扇子，有的像月亮，有的像圆饼。娅娅好奇地打量着来来往往的人群和街景，沿着大街往东走。

百花镇是名副其实的花的世界。彩虹大街两侧是各种形态的彩色建筑，依山势高低起伏而建。临街的店铺里，堆满各种鲜切花、干花、盆花与花艺商品，以及与花有关的美食、药材、服饰和珠宝。街灯与树上挂满花盆与花篮。山墙、地面和角落都绘上花的图案。

娅娅喜欢花，更让她着迷的是，许多橱窗陈列的花儿都有魔力。

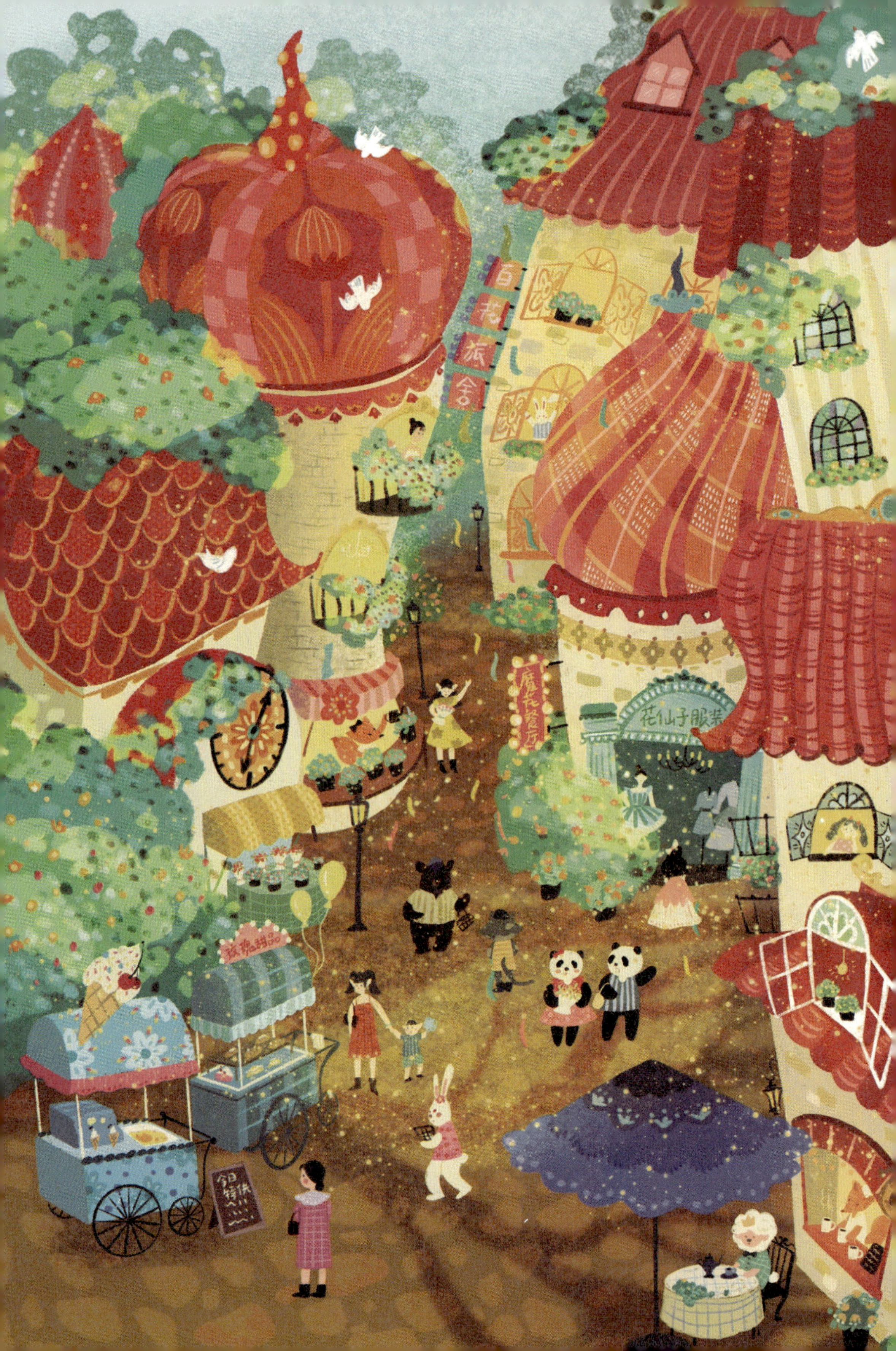
百花旅舍
魔花餐厅
花仙子服装
玫瑰甜品
今日特供

它们会跟着音乐节拍跳舞，会卖弄歌喉招揽顾客。那些美妙的歌声与音乐让娅娅的兔耳朵不由自主地动起来。她不得不一直拉住帽子，不让耳朵露出来。

街上的繁华与欢乐赶走了她的孤独。她放慢脚步，一边走一边看。热情的店主人邀请她进店欣赏奇异的商品，品尝美味的鲜花点心与饮料，为她挑选精美的花朵首饰。她东瞧瞧西看看，不知不觉花光了雨娃给她的钱，买了一堆食物，填饱了咕咕叫的肚子，还得到一条神奇的花腰带——只要拍一拍绣在上面的花朵，它们会发出狗一样的"汪汪"声。

不久，她来到中心广场，看到了写着"黄叶路"的路牌。她本想立即去小树林，可是广场上围着一群人。人群里传来不断喝彩的声音。

哇！那里一定有好看的表演吧？去看一看也无妨，娅娅想。

她最喜欢那种热热闹闹的场面了。在乡下的时候，她喜欢去赶集，除了能在拥挤的人群中买到各种好吃的东西，偶尔还能看到一些下乡的文艺表演。那些叔叔阿姨穿着五彩的表演服，在台上跟着音量极大的音乐翩翩起舞，或表演精彩的杂技与小品，让娅娅在乡间的生活多了许多乐趣。

娅娅挤进人群，站在最前面，看见五只鸭子站在一个大鼓上叠着罗汉。他们变换队形，舞动身子，做出各种高难度的动作。一只独眼公鸡一边旋转着翅膀上的一个小火圈，一边踩着脚下的大火圈绕着鸭子罗汉们转着。鸭子们看准公鸡翅膀上的小火圈，一只一只地从中飞过。

真是太精彩了！娅娅和观众们为表演者鼓掌喝彩。一只滑着滑

板的小鸭把木盆伸向观众，讨要赏钱。许多人慷慨地把钱币扔进木盆，发出清脆的叮当声。娅娅也想给点赏钱，但她把钱花光了，只好红着脸向小鸭摆摆手。

新的一场表演又开始了，娅娅想起自己要办的事，准备离开。突然她在人群中发现了一个熟悉的身影——狮子猫金吉！他扎着彩色头带，穿着崭新的束腰武士服，套着发亮的高筒皮靴，腰间挂着短刀，一副威风凛凛的模样。那个亮闪闪的铜铃挂在腰带上，十分显眼。他正抱着一大袋鱼干津津有味地吃着。小鸭经过他面前，摇了摇木盆。他假装没看见。

这吝啬的骗子猫，我竟然一直没看见他！娅娅心中涌起一股怒气。

她现在恢复了人形，个头比金吉要高一些，底气也更足一些。她找到一根小木棍，藏在身后，悄悄地来到金吉身边，用棍子捅了他一下，说："金吉，你口袋里那么多钱，怎么不拿一些放盆子里？"

金吉回头瞄了一眼娅娅，见是一个无礼的小孩，不满地说："你是谁？钱是我的，我爱给谁就给谁，跟你有什么关系？"

"那钱不是你的。你这个骗子！"

"你什么意思？"金吉收起鱼干，一脸傲慢地说，"你如果损坏狮子猫金吉的名声，我会报警的。你知道警察怎么教训坏小孩吗？他们会扭你的耳朵，让你哇哇叫。"

"你是一只坏猫儿，一个大骗子。"娅娅提高声音说。

旁边的人朝他们投来异样的目光。金吉心虚，离开人群来到广场边的草地上。娅娅跟在他身后。金吉在一棵大树后面停下。他按住腰

刀，对娅娅面露凶相："你是谁家的孩子？如果你不为刚才的话道歉，我就替你父母管教管教你。"

娅娅拉下帽子，露出长长的兔耳朵："你还认得今天上午卖掉的兔子吗，金吉先生？"

金吉望着娅娅的脸，又盯着那对兔耳朵看了许久，张大嘴巴。"你——你是兔子？兔人？"然后他大笑起来，"怎么可能？以我金吉的眼力，从来不会把一条毛毛虫认成蝴蝶的。"

娅娅的肚子里哧地点着了一团火。她把手伸向金吉得意摇摆的尾巴，一把提起来。金吉手里的纸袋滑落，鱼干撒了一地。

"喵——你干什么？"金吉叫起来。他恼怒地翻身，露出利爪朝娅娅抓去。娅娅将他一扔。他飞了出去，撞在一块石头上。金吉反扑过来。娅娅挥起木棍朝金吉的脑袋连敲几下。他呜呜地叫着，一下子蔫了气，不停地求饶。

"我就是那只兔子。"娅娅用棍子指着金吉说，"我以为你真的会带我回月亮坡，没想到你把我卖了！你像狐狸一样狡猾。"

"我真——真的不知道您是一个人。哦，麻辣的小姐。"金吉可怜兮兮地说，"您损坏我的花田，又吃麻辣鱼，我以为——以为您是一只麻辣兔。都怪我老眼昏花，没有认出您。"

"不小心弄坏你的花是我的错。"娅娅怒气未消地说，"但就算是这样，你也不应该抢我的铜铃，还把我卖给白面巫师。"她一把扯下金吉腰带上的铜铃，"这是我的。"

"您说它是铜铃？不是金子做的？太可惜了。"金吉失望地说，"不过它确实很漂亮。"

"无论它多漂亮也不是你的。还有那些钱，钱也是我的。"

"什么钱？"

"卖兔子的钱。"

金吉捂着钱袋："这是我的。我要拿它买花种子和食物。"

"你活该饿肚子。卖一个孩子的钱你也敢要？如果我把这件事告诉警察，你的耳朵也没有好日子过。"

金吉紧闭着嘴坚持了好一会儿，终于"哇"的一声哀嚎起来。"别告诉任何人，我的好小姐！我把钱都给您。"他慢吞吞地掏出钱袋，恋恋不舍地抚摸着。

娅娅一把抢过钱袋："你要再干这种无耻的事，我就拿你的猫毛铺床。"

"我再也不敢了，小姐。"金吉垂着脑袋说，"都怪我一时鬼迷心窍啊！其实我刚开始真的想让大巫师把您改造后，带您回来当我的宠物。但我的土地贫瘠，花儿收成不好，又没钱买种子和食物。小河里的鱼也很难捕到，我总是饿肚子。我一直想成为一名真正的武士，可是连像样的服装与装备都买不起。我需要钱，所以当雨娃说他可以高价收购那只兔子时，我才改变主意。"

娅娅看着金吉一边说话一边吸着鼻涕流着泪，心软下来。她想了想，把钱袋还给他说："拿去吧。我爸说只要承认错误并知道悔改的孩子就是好孩子。"

"您不会反悔吧？"金吉喜不自禁地把钱袋抱在怀里，郑重地说，"我对鱼干发誓，我再也不做这种贪图小利的事了。"

"我损坏你的花。这钱算是我给你的赔偿。"娅娅说。她把散落

在草地上的鱼干拾起来，装进纸袋递给金吉，"我们扯平了，再见。"她把帽子重新拉起，急匆匆地离开。

金吉追上她，抛出一连串的问题："您要去哪里？您叫什么名字？您怎么会变成兔子？您不是本地人吗？"

"我叫娅娅。"娅娅想起雨娃的叮嘱，又说，"我的事不要你管。"她拿到了铜铃，想找个安静的地方听铜铃唱歌，离开这个地方。

"您的事我管定了。"金吉紧跟着她，"您是个善良的女孩。您帮了我大忙。我一定要报答您的。"

"你不要再来骗我，我就已经谢天谢地了。"

"您要相信我，我绝不会再骗您。谁都知道，狮子猫金吉是百花镇最值得信赖的猫。"他跳到娅娅前面，又说，"您要去哪里？我可以给您带路。没有谁比我更熟悉百花镇了。"

"你可真烦人呀！我要回家。"

"您的家在哪里？我们可以成为朋友吗？我们以后可以常常串门呢。"

"我的家不在这个世界。"拗不过这只猫，娅娅只好说，"你能不能少说几句话，我想找个安静的地方。"

"我保证一句话不说。那您答应让我帮忙吗？"

"随你的便。"

第六章

换耳朵

"宝贝们，欢迎光临美耳定制中心！"

金吉带娅娅来到城外临近海边的小树林。

"百花镇是花海中的一座半岛。如果您从高处看,它的形状像一朵盛开的玉兰花。"金吉热情地介绍说,"您觉得这地方怎样,娅娅小姐?"

无边无际的花海上,有许多扬起风帆的漂亮花船在航行。它们的船头和船尾雕刻着珍禽异兽,船身绘有绚丽的图案,像一只只从壁画中走出来的神兽在飘移。热闹的码头上,成群的海鸟鸣叫着,与人们闹哄哄的说话声,花船的鸣笛声,海风掀起的波涛声一起,汇成一曲充满活力的摇滚乐。

"谢谢你,金吉。这里很不错。"娅娅欣赏着海岸风景,赞叹地说。她往小树林深处走了一段路。那里十分幽静,来自海上的摇滚乐变成了轻柔的低吟。

"娅娅小姐,您打算做什么呢?"金吉问道。

"回家。"

金吉一脸迷惑地问:"您的家究竟在哪里呢?"

"海外世界。"她掏出那个铜铃说:"我只要听到铜铃的歌声就会回家。"

"这破铃铛会唱歌?它连舌头都没有。"

"你不相信就算了,反正我信。我还是提前和你说再见吧。"

"这么快就要走啦?"

"是啊!我可不想留在这里。"娅娅把铜铃放到右耳边,屏住呼吸倾听。她听了好一会儿,什么也没听见。

"听到了吗?"金吉急切地问。

"你别说话。"娅娅把铜铃放在左耳边,听了一会儿,依然如此。也许声音太小,或者听的时间不够长吧。她把铜铃塞进兔耳朵,又听了好几分钟。什么歌声也没有,倒是多了些令人烦躁的嗡嗡声。

"听到了吗?"见娅娅把铜铃从耳朵里取出来,金吉小心翼翼地问。

娅娅很泄气:"什么也没听到。可能方法不对。"

"也许是您听力不行。"金吉说,"让我来听听。猫的耳朵可灵了。"

反正自己也听不到,就让他试试吧,娅娅想。她把铜铃递给金吉。金吉将铜铃放进猫耳朵,闭上眼,认真听起来。娅娅关切地盯着他的脸,等待着。

过了许久,金吉把铜铃还给娅娅。"没有,什么声音也没有。没有舌头的破铃铛,连声音都发不出,还能唱什么歌?"

"梅伯伯不会说假话的。"娅娅皱起眉头。

"谁是梅伯伯?"

娅娅把之前的事简短说了一遍。

"也许雨娃说得对,您是一个龙人的孩子。"金吉说。

"那又怎样?"

"龙人有人耳朵啊!听说摸了人耳朵,会让人变得更勇敢。"

"我的人耳朵没了。"

"问题就出在这里。"

"什么问题?"

"如果梅伯伯说的是真话,说明铜铃会唱歌。"金吉摸着猫胡

子说,"如果铜铃会唱歌,您却听不到,那就是您的耳朵有问题。"

娅娅摸摸兔耳朵说:"它们好好的呢,比人耳朵的听力还要好。"

"可兔耳朵不是人耳朵。梅伯伯是用人耳朵听的。"

"你是说,要用人耳朵才能听见它唱歌吗?"

"肯定是这样。"

"我也想要人耳朵,但雨娃把它们变没了。"

"您不是说您的人耳朵失去听力了吗?就算您找回人耳朵,但还是听不见铜铃的歌声,那有什么用呢?"

"也是啊。我倒没想过这个问题。"娅娅苦恼地说,"可我真的想回家,不想留在这里。影子巫师很可怕。对了,雨娃说如果我遇到麻烦,可以去找胡羊大叔。他会帮我的。"

"您是说雨娃的养父吧。那个总是把住所隐藏起来的江湖术士?您知道他住在哪里?"

"雨娃告诉过我。"

"即使您找到他也没用。他只是一个江湖术士,没什么真本事。他和白面巫师曾经竞争大巫师之位,在斗法中丢了一只角才保住性命。从那以后他就沉迷于制作陶瓷,再也不研究魔法。他帮不了您。"

"你有更好的主意吗?"

金吉摸着胡须,想了想说:"您不就是想要一对正常的人耳朵嘛。我知道有一个人能做到。美耳定制中心的女主人山娘开了一家神奇的美耳店,拥有换耳朵与制作新耳朵的绝活。只要您告诉她想要什么样的耳朵,她会让您如愿以偿的。"

"她会做人耳朵?"

"她制作耳朵的技艺高超，连国王的老虎耳朵都是她做的呢。她为各种有特殊需求的顾客服务，据说去了那里的顾客没有谁不满意的。"

"既然她会做人耳朵，为什么我在大街上没看见谁有人耳朵呢？雨娃说只有龙人才有人耳朵。"

"书上是这样说的，但莫须王国这么大，谁知道有没有呢？再说了，可不是每个人都喜欢人耳朵，我就认为猫耳朵是世界上最好的耳朵。"金吉说，"而且我还听说在美耳店制作耳朵，耳朵也会选择主人。如果谁想要人耳朵，但人耳朵不适合他的话，那对耳朵仅仅是装饰品，什么也听不见。没有谁愿意要这样的耳朵吧？这样我们看见人耳朵的概率就更小了。"

"还能听见声音？"娅娅动了心。

"当然，这就是人们愿意花钱去换耳朵的原因。如果您真的是龙人，做一对新的人耳朵肯定适合您，让您听见声音。我认为这个办法最简单可靠，去试试？"

"可我没有钱。这一定要花很多钱吧？"

"山娘收取报酬的方式很灵活的，可不一定是钱。我们可以先去咨询一下再做决定。"

娅娅用树皮做了一根细小的绳子，把铜铃挂在脖子上。在金吉的带领下，他们返回小镇，穿过中心广场，朝山杏路的方向走去。他们经过建筑密集的住宅区，来到城外的旷野，爬上一座小山，在半山腰一座蛋糕塔似的小洋楼前停下。

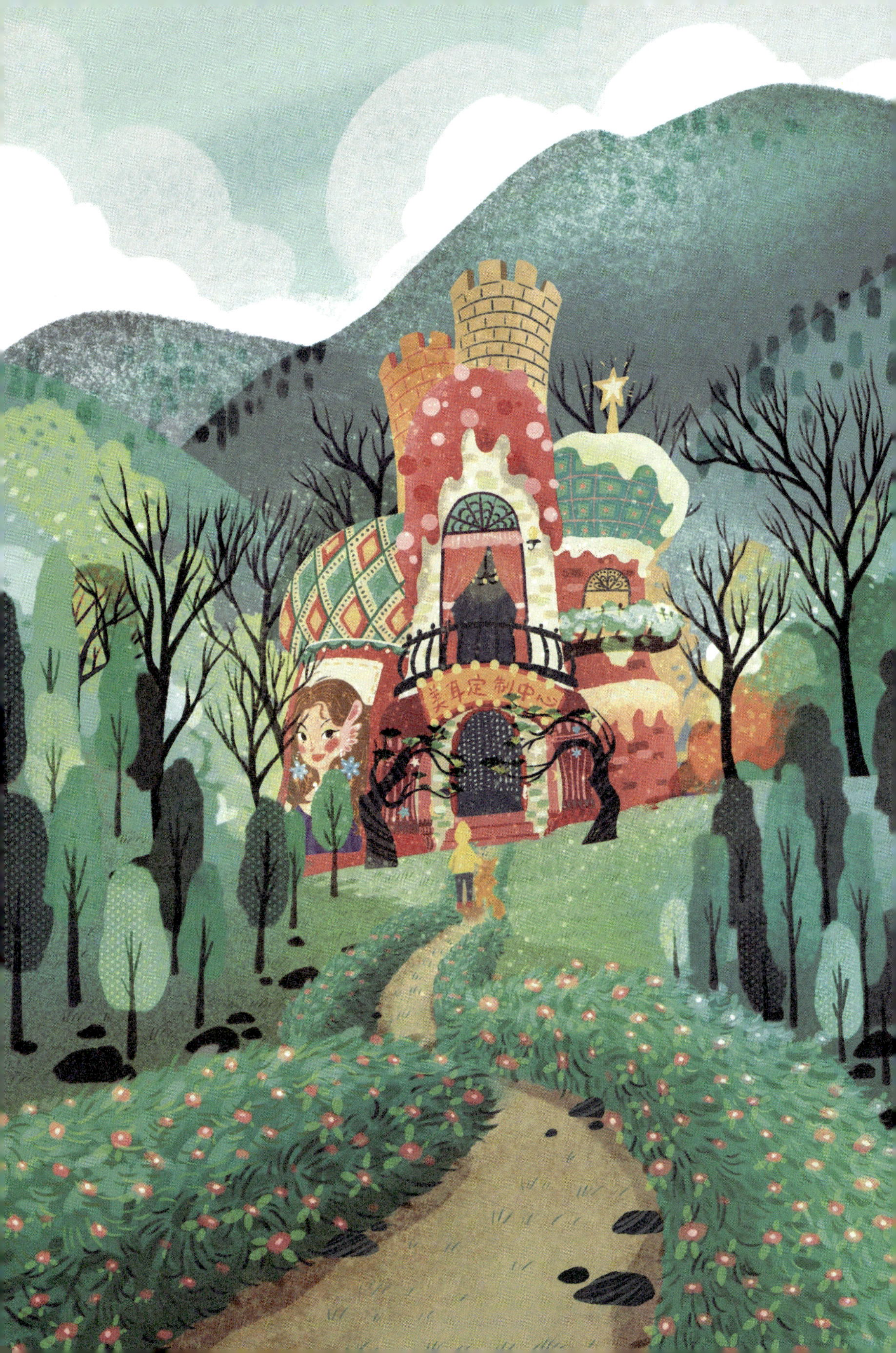
美耳定制中心

小洋楼大门门楣上写着气派的大字：美耳定制中心。大门两侧各种着一株古松，修剪整齐的树枝上，系着一只只造型奇特，色彩鲜艳的耳朵，像一朵朵奇特的花。左边松树背后的墙上，贴着一张巨大的海报。海报上，一个漂亮的女模特化着浓妆，用充满深情的眼睛凝望着来客。在模特飘逸的长发中，一对似蝴蝶翅膀的耳朵特别醒目。蓝色花朵造型的耳环挂在耳朵上，让女人看起来魅力十足。

"百花女神，绝世无双。"娅娅念着海报上的广告语时，金吉一把拉开她说："别盯着看。听说每一个来这里的人看这海报超过一分钟，都想把自己的耳朵换掉。"

店铺的门开着，娅娅和金吉刚走到门口，一个声音叫起来："喔、喔、喔——欢迎光临美耳定制中心！"接着，一只漂亮的大公鸡朝他们迎上来，鞠了一躬，"两位请进！"公鸡热情地将他们引到大厅角落的沙发就座，"二位请稍等片刻，我去请山娘来。"他朝楼上走去。

娅娅打量着大厅。那里摆放着许多产品架，上面陈列着绘有耳朵图案的盒子、玻璃瓶、耳环和耳朵模型等。沙发旁边的墙上，挂满了顾客的照片。照片上，人们展示着自己的耳朵，笑得十分灿烂。

这里真是一个专业制作耳朵的地方，娅娅想。她的心里多了一些希望。

公鸡下楼为娅娅和金吉各端了一杯茶。茶里泡着菊花，金吉品了品说："味道棒极了，比月亮坡的菊花茶还要好。"

不一会儿，楼上传来高跟鞋哒哒哒的声音。一位漂亮女人的头出现在楼梯间。她朝下面望了望，叫道："阿花，你上来帮客人贴耳膜。下面招待客人的事交给小笨猪。"

"好的,山娘。"公鸡应道,他向娅娅和金吉致歉后,匆匆上了楼。

不一会儿,山娘下楼了,身后跟着一只小猪。娅娅一眼认出山娘就是门前海报上的模特。现实中的她比海报上的模特更美。她化着精致夸张的妆容,穿着暗红色束腰长裙,披着绣满花朵的披肩,像一位贵妇人。粉色蝴蝶耳朵上绘有闪着磷光的彩色圆点,挂着一对银色流苏耳环,在她走动的时候飘来飘去。

"宝贝们,欢迎光临美耳定制中心!"山娘向娅娅和金吉打招呼,露出迷人的微笑。然后她朝身后的小猪说:"快去,把店里最好的鱼罐头、糖果、爆米花拿来招待客人。"

山娘坐在沙发上,笑容满面地说:"我是山娘,美耳定制中心的主人。请问你们是?"

"我是金吉,月亮坡的领主。"金吉说。

"很高兴见到您,金吉。"山娘说。她打量着娅娅,"这位是您的朋友吗?"

"是的。她是娅娅小姐。我们来这里想咨询一下换耳朵的事。"

"太好了。我一定会让你们满意的。哪一位需要服务呢?还是你们俩都需要?"

"不是我,是娅娅。"

这时,那只小猪端着装满食物的托盘走来了。她穿着橙色背心和粉色短裙,拖着一条光秃秃的尾巴。她用两条后腿走路,迈着小碎步,时而轻轻一跳,把托盘里的爆米花抖落在地。

"小笨猪,你不能好好走路吗?"山娘皱起眉头说。

小猪放慢脚步,把托盘放在茶几上,转身就要走。

"把鱼罐头打开啊。你要让客人自己动手吗?"山娘厉声说。

小猪用一把小刀费了很大的劲才把鱼罐头的盖子撬开。啵!盖子弹出来,打在娅娅脸上。"啊!"娅娅叫了一声,捂着脸。

"对不起!对不起!"小猪红着脸说,"我——我不是故意的。"

"没关系。"娅娅勉强挤出笑容。

"总是笨手笨脚的。"山娘扬起手敲敲小猪的脑袋,"去取两杯新鲜的热奶茶,把菊花茶换掉。这么难喝的花茶,不应该拿来招待尊贵的客人。"

小猪跳着跑开了。因为跑得太急,绊了自己的脚,摔了一跤。

"让你们见笑了。"山娘尴尬地说,"小笨猪刚学会做这些事,不太熟练,请多多包涵。来,尝尝我们店里的点心。"

娅娅不好意思吃东西。金吉则狼吞虎咽地吃起鱼罐头。

"您不喜欢这些点心吗,娅娅?"山娘问。

"喜欢。我不饿。"娅娅小声地说。

"尝一尝吧。"山娘撕开一颗糖的包装纸,把它递给娅娅。

娅娅尝了尝。软糯的糖果在舌头上瞬间融化,甜蜜的糖汁顺着喉咙滑下肚,把她的胃完全打开。哇!这糖果比大白兔奶糖还要好吃,是糖果中的极品!娅娅吃完了一颗,忍不住拿起第二颗,第三颗……

小猪端来两杯热奶茶,走路依旧一蹦一跳。奶茶从杯子里溢出来,在托盘里汇成小溪。她把奶茶放到娅娅面前说:"请慢用。"又给金吉端去一杯。金吉歪着脑袋盯着小猪看,眼神迷离。小猪的脸唰的一下红了。她急急地转身准备退下,裙子把娅娅的奶茶杯碰倒了。奶茶流到娅娅的腿上,她惊得站起来,不停地抖着裤子。

第六章/换耳朵

"对不起!对不起!"小猪窘迫地说,抓起茶几上的纸巾要为娅娅擦干。

"我自己来吧。"娅娅说。她用纸巾一点点地吸干了裤子上的奶茶。

"真是头笨猪,连这都做不好!"山娘生气地说,扬起手要打小猪。

娅娅急忙说:"不要打她。没关系的。"

"看在客人的面子上,饶你这一回。去换一杯新的。"

小猪又去端来一杯新奶茶,小心翼翼地放在茶几上,才圆满地完成接待任务。

"来,边喝奶茶边说正事吧。"山娘笑着说,"娅娅,您需要什么帮助?"

娅娅把兜帽取下,露出兔耳朵说:"我不喜欢这对兔耳朵,想把它们换掉。"

山娘突然站起来,伸出双手朝娅娅走去。哗啦!爆米花纸桶倒了。爆米花在茶几上不满地四处滚动。

娅娅惊得紧贴沙发,直直地坐起。

第七章

不是猪的猪

"大胆往前走吧,没有什么能阻挡我们回家的心。"

第七章 / 不是猪的猪

"呃——不好意思！"山娘一边盯着娅娅的耳朵，一边心不在焉地把纸桶扶起来，"让我看看您的耳朵，孩子。它们真美，还会变色，像是稀有的咕咕兔耳朵。"她嗅了嗅娅娅的耳朵，带着迷离的神情说，"有一股兔耳屎的味道，但只要用香料洗一洗，用精油熏一熏，再用耳环与宝石装饰，它们会成为阴霾天空里最迷人的彩虹，所有人都会拜倒在那迷人的光彩里……"

娅娅望了望嘴里塞满食物的金吉，他和自己一样满脸困惑。

过了片刻，山娘回过神来。她回到沙发上，打开新的鱼罐头，拆开更多的糖果与零食袋子，劝道："你们一定要多吃一点。这些食物有美容的效果，会让你们的耳朵越来越漂亮。"

金吉才不在乎耳朵美不美呢，他只是感觉饿。他早已吃撑了肚子，不停地打哈欠，斜靠在沙发上，昏昏欲睡。娅娅望着堆满茶几的食物，似乎听到它们在召唤她："快来吃我。多吃一点，你会变得更美丽！"她拿起糖果，不知不觉又吃了许多。她的眼皮变得沉重，睡意袭来。

这时，山娘瞅了瞅娅娅，从茶几上拿起一本画册对她说："让我给您介绍一下我们的产品和服务吧。"她翻开画册，用平淡的语调滔滔不绝地说起来，"美耳定制中心是整个百花镇，甚至整个莫须王国最好的美容中心。我们技术精湛，为许多有特殊需求的顾客提供服务，连国王和许多达官贵人都是我们的忠实客户呢。您看，这些是顾客原来的耳朵，这些是换过耳朵的效果，是不是很不一样？在这里换耳朵，您可以选择现成的耳朵，也可以定制，只不过定制耳朵耗费的时间多一些，费用也更高一些……"

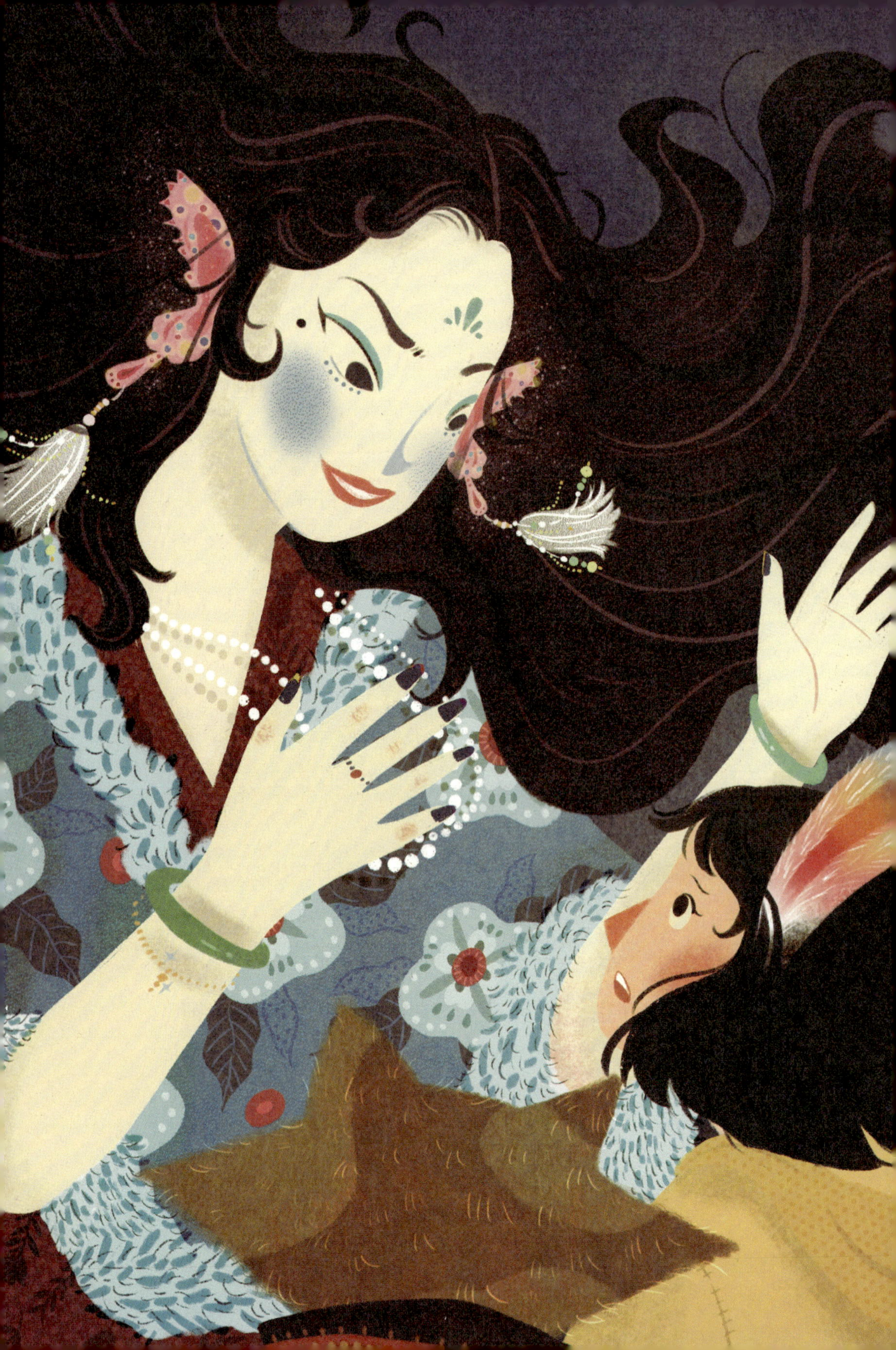

娅娅看着令人眼花缭乱的图片,听着山娘用单调乏味的声音讲述各种听不懂的技术细节,觉得更困了,但她仍然问了一句:"换耳朵疼吗?"

"一点也不疼,就像换一个机器零件一样轻松。"山娘轻轻地说,"您只要睡一觉,醒来就能带着新耳朵回家了。有了新耳朵以后,您可以用首饰装饰它们,用精油保养耳朵,让它们变得更迷人。当然在换耳朵前,我得知道您需要哪种耳朵,会根据您的需求定制最适合您的耳朵,并让新耳朵与您的身体相匹配,达到最优的声音效果。"

"我想要一对人耳朵。"娅娅往沙发背靠过去,软绵绵地说。

山娘脸上闪过一丝讶异的光。她朝娅娅探出身子,盯着她的眼睛问道:"人耳朵?您是说龙人的耳朵吗?"

"嗯。"

"为什么您想要人耳朵?人耳朵制作的工艺很复杂,性能也不太好,容易出故障,没有谁愿意要的。"

娅娅没说话,脑子昏昏沉沉的。她的眼皮应着金吉的呼噜声开开合合,快要闭上了。

"当然啦,只要您喜欢,我们会竭尽全力让您如愿以偿的。不过定制人耳朵需要特别的技术、特别的药水以及——"山娘顿了一下,轻声说,"许多钱。"

"钱?"娅娅惊了一下,睁开眼睛。

"您不需要付钱的。"山娘急忙说,她的声音听起来像云朵一样轻飘飘的。她用手在娅娅的眼睛上滑过,"如果您愿意把换下来的兔耳朵送给我,我可以免除一切费用。"

"我不要兔耳朵。"娅娅咕哝着说，倒在沙发上，闭上眼睛。

"喔、喔、喔——"公鸡的叫声从楼梯口传来，"山娘，客人需要耳朵按摩服务。"

娅娅一下子醒了，坐起来问道："什么？"

"是阿花在叫我。"山娘急忙说。她的脸色阴沉，如乌云笼罩，带着怒气。她对楼上的公鸡说，"这点小事你都搞不定吗？"

"客人一定要让您亲自来做。他说他会付双倍的服务费。"

"你让他等一下。"山娘没好气地说，她把小笨猪叫来，"这里交给你了。把音乐放起来，添加更多的奶茶与小吃，招待好客人。"

"是。"小猪说。

"认真干活，不能开小差。如果你跑出去玩，今晚就饿肚子吧。"

"是。"

山娘又对娅娅说："真抱歉，我得离开一会儿。请好好休息一下，我很快就回来。到时我们签订一份协议，然后就能换耳朵了。"

"今天能弄完吗？"

"当然。即使整夜不睡觉，我也会为您换上满意的人耳朵。"

山娘去了楼上。小猪播放起舒缓的音乐，添满奶茶杯，拿来更多的鱼罐头、饼干和糖果，堆满了茶几。没有山娘在场，她做起事来利索多了，这让娅娅很惊讶。做完这些事，小猪立在一边，摆弄着自己的裙子。

"金吉，别睡了。"娅娅拉了拉狮子猫。

金吉打着哈欠醒来，问道："谈好了吗？"

"山娘忙去了，让我们再等一等。"

第七章 / 不是猪的猪

"哦，那我再睡一会儿。"金吉看见桌上的食物，改变了主意，又说，"吃饱了睡得更香嘛。"他一边吃着鱼罐头，一边打量着那只小猪。

"金吉，你这样一直盯着别人看，很不礼貌的。"娅娅小声提醒他。

"您不觉得她很奇怪吗？"金吉凑到娅娅耳边低语。

"我觉得她很可怜，总是被山娘骂。"

"我想说的是，她不是一只猪，而是一只猫。"

"她明明是一只猪。"

"我比你更了解猫。您别看她的样子是猪，但走起路来是一只猫。我还闻到她身上有母猫的味道。"

娅娅看着小猪说："你可能是对的。那条尾巴比猪尾巴长多了。"

"我试试就知道了。"金吉说。他对小猪叫道，"嘿！小猫咪。"

小猪的耳朵扇动了一下，抬头看着金吉，像是第一次发现屋里还有其他人似的。

"您叫谁？"她惊讶地问。

"叫你呀，可爱的猫咪！"金吉咧开嘴，露出猫的微笑。

小猪愣了一下，红着脸说："我叫小笨猪，不是小猫咪。您认错了。"

"错不了。猫难道不认识猫吗？"金吉拿起鱼罐头，"你也来吃一点吧，味道好极了。"

小猪吞咽着口水，伸手去拿，但又停下了。"我是猪，不喜欢吃鱼。您最好少吃一点。"说完，她就跑到大厅的另一头，拿起一块抹布假

装擦拭产品架上的陈列品。

"我说得没错吧？她是一只猫。"金吉得意地说，"看样子还是一只漂亮的母猫。"

"可她怎么变成这模样了呢？"

"也许是中了魔法的猫公主。"金吉说着，打个哈欠，"我又困了，想睡一觉。要是山娘来了，您记得叫醒我啊。"

"别睡，金吉。"娅娅拉住他。但金吉像一团软泥似的躺在沙发上，睡着了。

美妙的音乐，美味的食物，柔软的沙发，让娅娅感到困倦。但她心里有莫名的不安，强撑着不让自己入睡。她靠在沙发上，与瞌睡进行艰苦的斗争。最后，她也倒在沙发上睡着了。睡梦中，有谁在晃动她的肩膀。一个细小的声音在她耳边说："不要睡，小姐。你们快逃吧！"

娅娅猛地睁开眼，是小猪。

"快走，再不走就来不及了。"小猪急急地说。

"什么事？"娅娅一骨碌坐起来问。

"山娘说的话都是假的。她不可能做出人耳朵。"小猪说，"她只想要您的兔耳朵。这些食物和音乐有催眠作用。如果你们睡过去，就再也走不掉了。"

娅娅睡意全无。她使劲摇晃金吉："金吉，醒醒！醒醒！"

金吉睡得太沉，怎么也叫不醒。

"他吃太多了，要过好几个小时才能醒。"小猪说。

娅娅只好抱起金吉。可真沉啊，这贪吃的猫！

"小猪，谢谢你！"娅娅说。

"不用谢我。金吉看见了真实的我，让我很感动。其实我是一只被山娘收留的流浪猫。"

"你怎么变成了猪的样子？"

"大巫师常来这里找山娘。他不喜欢猫。后来我才知道，他害怕我在端茶倒水时把猫毛掉进茶水，他喝了那样的茶会减弱他的魔法力量。他要把我变成猪，但山娘不愿意。因为猪做起事来总是笨手笨脚的，所以就留下一条猫尾巴，但是尾巴上的毛被剃光了。"

"你是说白面巫师吗？"

"是的。"

"真是太可恶了。"

"快走吧，我会掩护你们的。"

"我们走了，你会受到惩罚吗？"

"不用担心，我已经习惯了。"小猪把娅娅带到门外，指着下山的路说："去百花港口坐船离开百花镇吧。如果山娘再见到你，肯定会想办法把您的兔耳朵弄下来的。"

娅娅谢过小猪，抱着金吉往山下跑。此时太阳已经快要下山了。娅娅的心也跟着沉下去。

在一个小山洞里，娅娅坐在地上，双手抱膝，望着四周黑漆漆的树林发呆。金吉睡在旁边，轻轻地打着鼾。她的兔耳朵不停地转动着，捕捉树林里的各种声音。树林里除了昆虫在叫，似乎还有大型动物在走动，弄出呼啦呼啦的声响。这里有野猪吧？或者狼？林子深处，有一只猫头鹰发出瘆人的叫声，让娅娅浑身起鸡皮疙瘩。她朝金吉身边挪了挪。

她害怕一个人待在夜晚的森林里。她想起曾经和爸爸一起在夏夜走夜路的情景。田野里有蟋蟀和青蛙的鸣叫，有蛇弄出的窸窣声，有夜鸟发出的怪叫。风若是一阵一阵地吹，即使是在明月高挂的夜晚，都会让她的心跟着风一次又一次地跳得老高。路很窄，爸爸就在身后，但娅娅仍然对前方的黑夜有莫名的恐惧——害怕田野里蹿出不知名的怪物。

有时，她不敢往前走，爸爸会推她一把说："你在害怕什么呢？大胆往前走，没有什么能阻挡我们回家的心。要不，我们唱歌吧？热热闹闹的歌声能把吓唬你的东西赶走。"

"爸爸，你喊号子吧。"娅娅认为爸爸的号子声最有力量，能赶走恐惧。

"不采石头，这号子喊起来很奇怪。"爸爸说，但他清清喉咙，还是唱了起来，"哟——嚯，伊嗨喂——，幺妹儿走得快哟，翻过那座山也。哟——嚯，伊嗨喂——，大路通到家哟，妖怪都走开也。嗨哟喂——。"

爸爸充满鼓舞的话与号子声留在了记忆中，随着娅娅的想念飘入眼前的森林，那些奇奇怪怪的声响变成了舒缓的夜曲。娅娅不那么害怕了，但心思依旧如潮水般涌动着。她想知道，此时，爸爸妈妈睡着了吗？已经回家了吗？我还能回去吗？……想着想着，她流下眼泪，啜泣起来。

金吉醒来，看见娅娅在哭，走过去拍拍她的肩膀："怎么了，

娅娅小姐?"

娅娅擦干眼泪说:"我想家了。"

"您会回家的。我会帮您。"

听了金吉的话,娅娅心里多了一些勇气。

"我们怎么会在这里?我记得我睡在山娘店里的沙发上。"金吉环顾四周说。

娅娅把发生在美耳定制中心的事告诉金吉,无奈地说:"我找不到去百花港口的路,只好先躲在这里,等你醒来再说。"

"别担心,我对百花镇非常熟悉。"金吉说,"那个老妖婆,伪装得多好啊,我竟没看出来。小猪果然是一只猫,还是一只善良的猫。等我帮您找回耳朵送您回家后,一定要去找她,当面感谢她。现在我们去港口吗?您真的要离开百花镇?"

"我也不知道。我只想回家。"

"既然做人耳朵行不通,那就按先前的计划,去问问胡羊大叔吧。"

"你不是说他不行吗?"

"试试嘛。就像我们不去美耳店,又怎么知道美丽的女人也有坏心肠呢。"

第八章

隐秘的居所

"和表达爱的方式一样,听见声音的方式不止一种。"

第八章／隐秘的居所

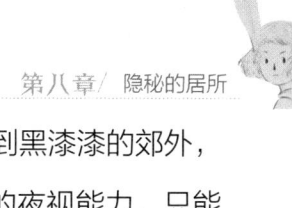

娅娅和金吉回到黄叶路上。从有路灯的街道走到黑漆漆的郊外，路变得越来越窄，也越来越不平坦。娅娅没有金吉的夜视能力，只能借着淡淡的夜光缓慢前行。她看见金吉的身影在前面移动，时而转身，忽闪着绿眼等她，这让她对金吉的陪伴充满了感激之情。他们走了半个多钟头，踏上只有石子的小径。小径穿过稀树林，最后在一片密林前中断了。

"这里就是黄叶路的尽头，哪里有银杏树呀？"金吉在四周看了一圈，失望地说。

娅娅认识银杏树。乡下邻居的屋前种着一株银杏树。它的枝干笔直挺拔。形如蝴蝶翅膀的叶子在深秋时节会变成金黄色。每当这时，娅娅都会和小伙伴们一起去摇树，让黄叶如雨般纷纷落下。

娅娅也没有找到银杏树。"我们再往里走走吧。"她建议道。

"林子里更黑，您看得见吗？"

"我跟着你走。"林子里伸手不见五指，娅娅连金吉的身影也看不见，常常撞在树上。

"我的夜视能力很好，再找一找。"金吉说，"您在外面等我。"

娅娅只得退出来，在林子边缘的一棵大树下休息。没过多久，金吉走出密林，泄气地说："我找遍了，没有银杏树。我早说过，胡羊大叔会把住所隐藏起来，很难找到的。"

"要不我们等天亮再找吧。"

"天亮了也找不到。这里绝对没有银杏树，我可没有看漏一棵树。您说雨娃会不会把家的位置记错了？"

"谁会把家的位置记错呢？"

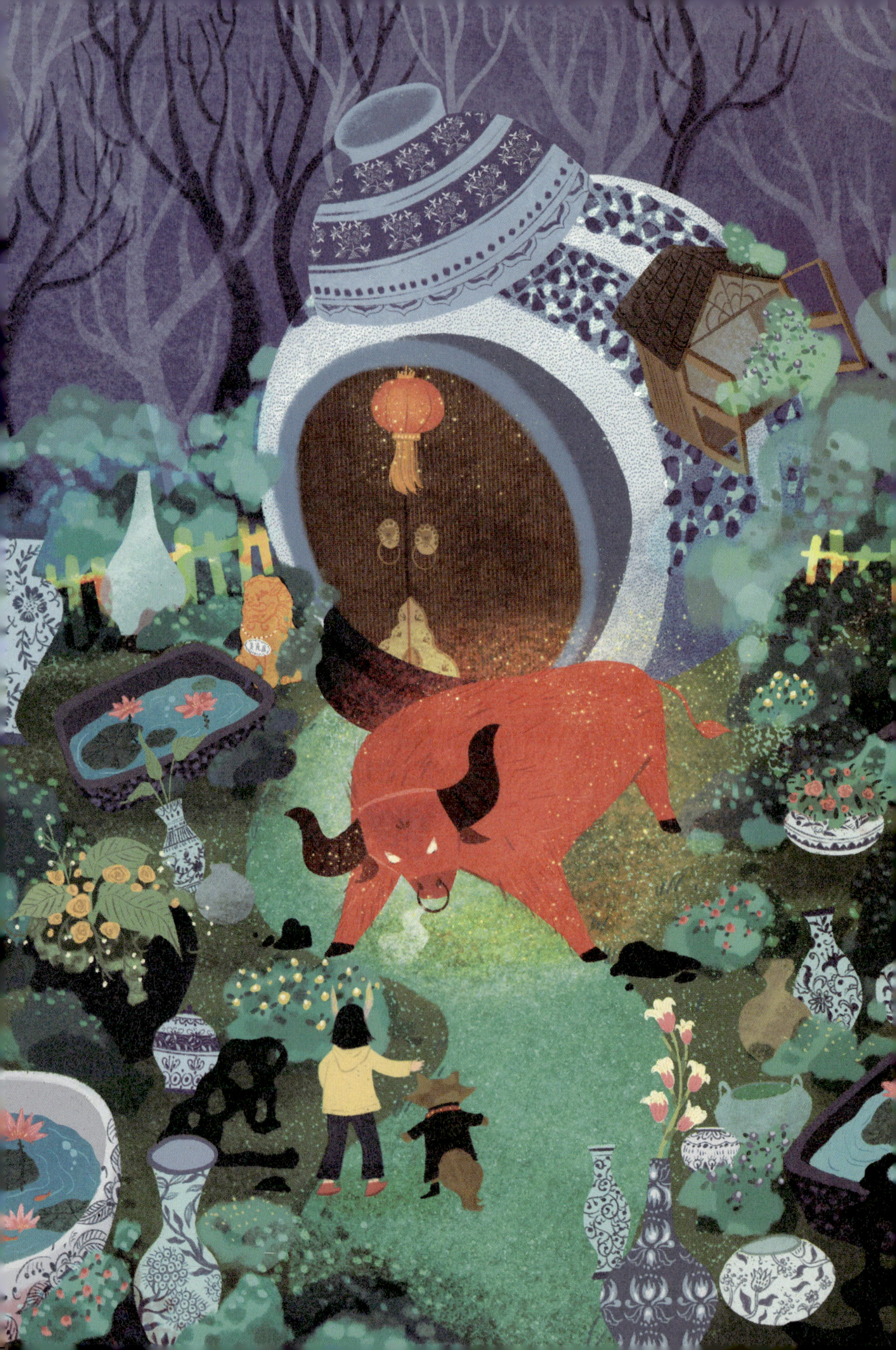

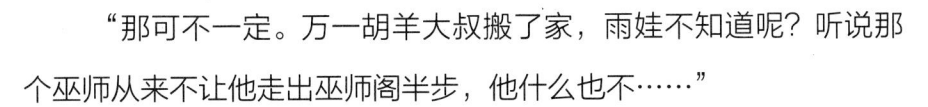

"那可不一定。万一胡羊大叔搬了家，雨娃不知道呢？听说那个巫师从来不让他走出巫师阁半步，他什么也不……"

"别说话，金吉。"娅娅站起来，朝身后的林子望去。她的耳朵警觉地立起来。

"什么？"金吉也立起耳朵听。

"我刚才听到有谁在打响鼻，像水牛喝水时发出的呼呼声。"

"我没见过牛喝水。"

"你看，那些草在动。"娅娅指着附近的野草说。野草一丛一丛地倒下，像海浪一样朝他们涌来。

"有怪物，跑啊！"金吉叫道。

他俩往稀树林跑，但没跑多远，就被一个看不见的怪物撞倒。那东西搅起一股旋风，将他俩连同枯草一起卷了进去。他们跌落在一个花园里。

花园里摆放着许多彩色瓷器与陶罐，形态与大小不一。有的种满花草，有的成了水钵，里面饲养着小金鱼。花园后面有一座坛形瓷屋。墙上布满用各种瓷片拼贴成的图案，在灯光的照耀下，散发着绚丽的光。一只金色的瓷狮子立在大门边，脖子上挂着一个椭圆形的瓷盘，上面写着"美瓷居"。

"这一定是胡羊大叔的家了。"金吉打量着花园与瓷屋说，"他喜欢做陶瓷，把自己的房子也做成了瓷坛子。"他看到门前的瓷狮子，兴致盎然地说，"呵，看那气派的金狮子，还有我狮子猫的威风呢！"

瓷屋的大门紧闭，主人似乎不在家。娅娅和金吉想去敲门，却被一头凭空出现的红公牛挡住去路。红公牛浑身通红，晃着一个大脑

袋和红牛角，朝娅娅和金吉喷出带有威胁气息的响鼻。娅娅明白了：是这头在林中隐形的红公牛，把他们带到了这里。但它似乎并不欢迎他们。娅娅和金吉愣在原地不敢动。

这时，门打开了，一只系着围裙的独角山羊走出来。"野火，让他们进来。"他平静地说。

红公牛在他们面前消失了。娅娅和金吉都非常惊讶，四处搜索红公牛，竟忘记和主人打招呼。

"你们不是找我吗？"胡羊大叔说，"快进来吧，我要关门了。"

胡羊大叔的家摆满了各种陶瓷家具。无论是餐桌、沙发、椅子，还是书桌、书架、台灯，都是陶瓷做的。在书桌旁，立着一个硕大的瓷球。它的彩釉是黑白相间的，有流水般的纹理。整个球被水台中一股强劲的涌泉托起，随着音乐的节奏不停地滚动旋转。这让娅娅想起自己的家。家里有许多爸爸做的石质器具：石灶台，喂养禽畜的石槽，装水用的石缸，推豆腐的石磨，舂辣椒与香料的石钵等。这些给生活带来便利的物件上，还有爸爸雕刻的石花、石兽和汉字，虽然很粗糙，但让石器有了许多趣味。

娅娅看着胡羊大叔家无处不在的陶瓷物件，心想：他一定和爸爸一样非常热爱自己的手艺活吧？虽然她还没有和他说过话，但她对胡羊大叔心生好感。

她和金吉来到胡羊大叔的工作间。这里有点凌乱，地上散落着许多碎泥块和残破不全的瓷片。一台小小的转盘上，立着一个松鼠形状的泥坯。胡羊大叔给娅娅与金吉挪来两张小瓷椅，垫上软垫，一边忙

着转盘上的活,一边问:"我早就看见你们俩在上面转来转去很久了。若不是听见你们说起雨娃,我也不会让你们进来。"

"您怎么看见我们的?"金吉问。

"一个小小的法器而已。"胡羊大叔扬起下巴,指了指书桌旁的瓷球,"我通过那个风火球看到的。你们是谁?和雨娃是朋友?"

"是的。我叫娅娅,这是我的朋友金吉。"娅娅说,"我们在找雨娃说的那棵银杏树。"

"雨娃离开家时,这里确实有一棵银杏树通往我家,但我让它消失了。"

"为什么?"

"如果它还活着,谁都可以找到我。隐居又有什么用?"胡羊大叔说,"既然他把我的住处告诉你们,那他是信任你们的。他过得怎么样?你们找我做什么?"

"他很好。他让我给您带了一封信。"娅娅在衣兜里摸信筒,可衣兜里空空如也。她又摸另一个衣兜,掏出一朵已经枯萎的红花——那朵她在梅伯伯家附近的松林里摘的花。她站起来,把花放在旁边的小瓷桌上,继续搜索裤子上的口袋。

"您确定把信放在身上了吗?"金吉问。

"是啊。我把它放在衣兜里的,在美耳定制中心的时候还摸到过它。"娅娅着急地说。

"山娘的美耳店?你们去那里做什么?"胡羊大叔停下手里的活,望着他俩。

"做人耳朵。"娅娅把自己变成兔子以后的所有经历都说了出来,

金吉则不失时机地加以补充。胡羊大叔一声不吭地听着，脸上的神情从开始的镇定到惊奇，最后变得焦虑不安。他停下转盘，去水槽边慢慢地洗了手，若有所思地听娅娅和金吉说完。

"要是你把信掉在美耳店。山娘会把信交给白面巫师，给雨娃带来麻烦的。"胡羊大叔说。

"也可能掉在逃跑的路上了。"金吉说。

"但愿事情没那么糟糕。不过我有一个疑问。娅娅，你说你来自龙人世界，说明你是一个龙孩。如果是这样的话，为什么你来这里已经一天多了，还能清楚地记得以前的事？"

娅娅不明白他的话："那些事不是才发生过吗？"

"百花镇没有龙人，连整个莫须王国也没有。龙人只存在我们的传说里。他们生活在海外世界。虽然那个世界与我们的世界有相连的通道，但龙人不能来这里。因为他们一踏上这片土地，就会很快遗忘过去的事，特别是在原来世界生活的经历，然后是新世界的记忆。当所有记忆清零的时候，他会死去。"

"可我什么都记得呀。"

"那你能说一些和家人生活在龙人世界的往事吗？"

娅娅说起常年帮别人干石活的爸爸，在地里永远忙忙碌碌的妈妈和奶奶，以及她在镇中心小学读书的日常，也说起她失聪之后的寂静生活……那个世界的一切都清清楚楚地储存在她的记忆里。

"真是不可思议。我活到这把年纪，能看到真正的龙人，真是幸运！"胡羊大叔脸上半是惊喜半是疑惑地说，"能让我们看看你的父母吗？"

"可以看到他们？"娅娅无比惊讶。

"当然，通过那个风火球，可以看到你的家和家人。"胡羊大叔走到风火球前，对娅娅说，"给我一根你的头发。"

娅娅拔下一根头发。胡羊大叔把头发放在风火球上。头发与球上黑白相间的水纹融为一体，化成真正的水。水开始流动，似一波又一波拍在沙滩上的海浪。原来的音乐停止了，变成浪花拍岸的哗啦声。随后，起风了，海浪越来越汹涌，在风火球的表面形成一个个旋涡。每一个旋涡的中央都有一个动态的画面，像一个个正在播放的视频。画面中，娅娅惊奇地看到了乡下的家。在附近的菜地里，奶奶正挥着锄头锄草。她心里一热，指着那个旋涡说："那是我住的村子。那是我奶奶。"看着近在咫尺的家和奶奶，自己却不能回去，娅娅的心情有点沮丧。

胡羊大叔指着另一个旋涡说："这是你父母吗？"

那个旋涡里，全是一望无际的棉花田。烈日下，棉花的叶子已经干枯，白白的棉花像云朵一样从果子里挤出来，胀鼓鼓的。许多人躬着背散落在棉花田中，双手不停地把棉花摘下来，放进腰上系着的口袋里。

"爸爸！妈妈！"见到爸爸妈妈的身影，娅娅激动地叫起来。

"他们在做什么？"金吉问。

"在一个叫新疆的地方摘棉花。那里离家很远。"娅娅说。

"棉花？这种花拿来做什么？可以吃吗？"

"可以做棉衣、棉被。书上说有一种棉花可以制作纸币。"

"纸币又是什么？"

"就是钱啦,可以用来买各种东西。"

"这是真的宝贝啊!"金吉欢喜地说,"我也想在月亮坡种点棉花。"

娅娅往那个旋涡凑近一些,想看个究竟。胡羊大叔拉住她。"别太近了,你会被风火球吸进去化成海水。我们把它放大看吧。"他用手连续点了两次旋涡。旋涡变大了,充满整个风火球。父母的形象像特写镜头一样在旋涡里清晰可见,连他们的交谈声也能听见。

"做了今天,你休息两天吧。"爸爸对妈妈说,"你身体受不住的,能摘多少是多少。"

天很热,妈妈戴着一顶遮阳帽,汗水从脸上流下。她直起腰,双手插在腰间,挺起胸说:"累倒是不累,只是腰痛。这棉花果子竟然还割手,不好摘。"

"这活看起来比农活轻松,其实累多了。大家跑这么远来摘棉花,不就是因为做这个挣的钱多嘛。"爸爸从棉花上摘下一大把棉花,将里面的叶子拣出来,把棉花塞进口袋,"我在这里挣一个月的钱,抵在家里做半年的石匠活。"

"娅娅那个事得花一大笔钱。也许我们回去时能凑够吧。"妈妈说,"只是这里离家太远,不知道妈和娅娅在家里怎么样了。"

听到妈妈谈起自己,娅娅的耳朵立起来,绷得紧紧的。她会说什么呢?

"我不担心妈。她身子骨很硬朗。"爸爸说,"只是那孩子一下子听不见了,心里有许多委屈,又不肯说出来,确实让人担心。"

"她只想着自己的痛苦。那天我们走的时候,她说的那句话让

第八章 / 隐秘的居所

我到现在都很难过。我们这么做不是为了治她的耳朵吗？要去大城市医治，需要很多钱的，谁能借那么多？借了也得还啊。她却在那里发脾气，理都不理我。"妈妈又开始摘棉花，将棉花狠狠地往腰上的口袋里一塞，"她竟对我说出那样的话。我是不是生了个白眼狼？"

"你别跟孩子计较，她是舍不得离开我们，才赌气那样说的。我知道她在想什么。她以为我们不要她了。你平时对她说话总是凶巴巴的，孩子理解不了。"

"我哪有凶巴巴的？我只是太担心她了。"妈妈急起来，"要是耳朵医治不好，她以后该怎么过？我们不可能养她一辈子。"

"但你一看到她在那里敲敲打打，追赶鸡鸭，想听见声音，你就避开不想见到她，还说难听的话啊。"

"我看到她那样子，心里难受。"妈妈解释道，"我本不想那样做，但忍不住。"

"孩子可不能理解这个。这个时候，她需要我们的关心。"爸爸叹口气说，"以前有一次她跟我说，你并不喜欢她，你只喜欢明子。自从明子没了以后，你对娅娅确实冷淡了些。"

"她说的什么话！你也在胡说。明子走了，你不伤心吗？都怪你当时没看好他。"妈妈说着说着，语气变得悲伤起来。她用满是汗水与尘土的手背擦眼睛。

"我们不谈这个事了。"爸爸走过去，拍拍妈妈的肩膀，"多关心一下娅娅就好了。别哭啦，让别人看见不好，还以为我们在吵架呢。"

"我是她妈，我比谁都关心她，只是没有你那样的好脾气，又

不太会表达。"妈妈吸了吸鼻子说,"那天我在市场上看到许多卖新疆大枣和葡萄干的。我就想着等我们回去,要给娅娅带一些,她喜欢吃干果。我一直都念着她的。"

"就是嘛,哪有妈不疼孩子的。"爸爸笑着说,"把你袋子里的棉花倒给我,我去装袋。你先歇一歇,喝口水。"

"我再摘一会儿,多摘一点就多挣一份的钱。我也想早点回家,让她早点得到医治。她不能再出问题了,她得比明子有福气。"

……

娅娅已看不下去了。爸爸妈妈的身影在她的泪水中变得模糊。那些话在她的心上回荡,让她百感交集。她错怪爸爸妈妈了。她不该在那天对妈妈说那样的话。妈妈和其他农村妇女一样,对孩子的关注和爱一直都在,只是不会说出来,但她用实际行动在表达。

娅娅记得有一本书上写着这样的话:蒲公英妈妈爱孩子的方式是给它们一把伞,让它们能乘着风远行;袋鼠妈妈是在孩子探索世界时,提供随时可得到庇护的育儿袋;大熊猫妈妈则在孩子学会爬树的那一天,悄无声息地离开它们,让它们独立生活。爱有不同的方式。

"娅娅别哭啊。"金吉红着眼,用毛茸茸的爪子给她擦眼泪,"我最看不得别人哭。你会好起来的。"

胡羊大叔从水台里捧了一点水,浇在风火球上。那些旋涡不见了,又恢复到原来带有黑白水纹图案的样子。"别难过,你了解了他们就好。唯有了解才能生爱。"他说,"你是真正的龙孩,不属于这里。我们会帮助你回到父母身边的。"这时,他看见了娅娅放在桌上的花,

好奇地走过去。花已经枯萎，皱缩成一团。花瓣由鲜红色变成了暗红色，毫无生气。"这花就是你提到的像红蜘蛛一样的花吧？"他问娅娅。

"是的，但我不知道它的名字。"娅娅回答。

胡羊大叔把花瓣小心地展开，闻了闻，又观察许久才说："它的名字叫金灯花，是一种能让人保持记忆的传奇植物。你一定是因为它才没有失去记忆的。"

"如果没有它，我会忘记原来的一切？"

"对，你会迷失在莫须王国，变成一个没有记忆的空心人，会很快死去。"

"这太可怕了，娅娅小姐！"金吉担忧地说，"你得赶紧把花收好，千万别像那封信一样，又把它丢了。"

"即使保存得再好，摘下的花朵离开母株，也会加速枯萎，腐烂，最后变成尘土。"胡羊大叔说。

娅娅看着那已经破败不堪的花朵，心里很难过。

"不过这比没有好。"胡羊大叔拿来一个系着绳子的小香袋递给娅娅，"把它装在里面挂在身上，一定不能让它离开你。在它完全失去魔力前，你必须回到你的世界去。"

娅娅小心翼翼地把花装进袋子，解下脖子上挂着的铜铃，要把花袋与铜铃系在一起。

"那个铜铃可以给我看看吗？"胡羊大叔说。

娅娅把铜铃交给胡羊大叔。他仔细观察，用手摸着刻在上面的小字说："你说白面巫师也在找这铜铃？"

"是啊。他要铜铃做什么？"

"也许铜铃对他来说，是一种力量强大的法器。"

"梅伯伯说铜铃会唱歌，指引迷路的人回家，可我什么也听不到。"

胡羊大叔把铜铃放在耳边听了听。"金吉也许说得对，只有龙人的人耳朵可以听见。"

"我的人耳朵去了哪里？"

"雨娃可能弄错了变形魔药中的某种配方，导致你的人耳朵没有复原。我想它们一定还在你的身体里。"

"您不是也会魔法吗？胡羊大叔，您可以帮娅娅把人耳朵弄出来。"金吉说。

"我没有修正变形术的本领，但我知道小仙人叮当可以做到。"

"他是谁？"娅娅问。

"一位守护蘑菇的小仙人，住在海浮岛上。他会熬制各种神奇的蘑菇汤。有一种蘑菇汤具有还原事物本来面貌的魔力。如果你喝了那种蘑菇汤，人耳朵应该会回到原来的位置。"

"那人耳朵能听见声音吗？"

"即使和原来一样听不见，小仙人应该也有其他办法让你听见铜铃的歌声。和表达爱的方式一样，听见声音的方式不止一种。"

"我一定要找回人耳朵。要是我以这模样回去，所有人会把我看成怪物。"

"是的。有的世界确实很难容忍别人的不一样。"胡羊大叔说，"这件事得一步一步来。先找回人耳朵，再想办法听见铜铃的歌声回家。"

"您刚才说的海浮岛在什么地方？"金吉问。

"它是一座藏在花海之下的浮岛，常年都在漂移，行踪不定。但红公牛知道怎么去。"

"您说的海浮岛和叮当小仙人是不是《蘑菇传奇》里的那个蘑菇岛和小精灵？"

"是的。它不是传说，是真实的故事。"

"您怎么知道？"

"因为我去过那里。那个故事是我编出来的，只是为了掩饰海浮岛的真实存在。"胡羊大叔说，"门外那头红公牛野火就来自海浮岛。它是小仙人叮当的忠实伙伴。当年我离开岛的时候，红公牛想到外面的世界看看，所以就跟来了。只有它才能找到海浮岛，知道岛如今漂到哪里去了。当你们找到小仙人的时候，他看见野火回家，自然会信任你们，帮助你们。如果他不愿意，你们可以说是我请他帮忙的。"

"那真是太好了！我们现在能出发吗？"娅娅迫不及待地说。

"小姐，让我们好好在这里睡一晚，明天一早再走吧。"金吉说。

"你没必要跟着一起去，金吉。野火会护送她的。"胡羊大叔说。

"我说过我会报答娅娅，帮助她回家呢。"金吉突然着急起来，"娅娅小姐，是不是？"

"很高兴有你做伴。"娅娅说。

"那你们最好现在就走。"胡羊大叔认真地说，"如果山娘得到了娅娅丢失的信，一定会告诉巫师，他们也许会找到这里来。真希望雨娃没有在信里写我居住的地方。虽然我隐藏了房子，但如果巫师要

找我，这种把戏可难不倒他。我会为你们准备食物和水，让野火带着。在你们走后，我要立即搬家，然后去看看雨娃。他让我很担心。"

"雨娃说您从来没有去看过他，为什么？"娅娅问。

"我不能去。巫师要是发现我去看他，雨娃会在那里受苦。只要他好好的，我做什么都可以。"

"您为什么不用风火球看他呢？"金吉说。

"如果我用我的毛发，只能看见与我有血缘关系的家人。"胡羊大叔说，"雨娃是我的养子，我看不到他。但他在我心里是真正的家人，是我最爱的孩子。"

"如果用我的猫毛可以看到月亮坡和其他亲戚吗？"

"你想看吗？"

"还是不看了吧。要是我像娅娅一样，看了以后想家了，那哭哭啼啼的滋味可不好受。"

就在胡羊大叔为娅娅和金吉准备干粮和水的时候，美瓷居突然像地震一样摇晃起来。所有人都跑到花园里，往天空望去。野火出现在胡羊大叔面前，对他"哞哞"地叫了几声。

胡羊大叔眉头一紧，对娅娅和金吉说："白面巫师和山娘果然来了！他们正在掘地三尺找美瓷居呢。"

第九章

深夜来访

"唯有坚定的信念,才能让你到达你想去的地方。"

"野火，快把他们藏起来！"胡羊大叔说。

野火晃晃脑袋，俯下身来，张开足有山洞大的牛嘴。

"爬进去。"胡羊大叔催促娅娅和金吉。

他俩惊呆了。爬进牛嘴？不会被吃掉变成牛粪吗？娅娅想到母牛泥鳅吃草时流出的口水，胃里一阵翻腾。

胡羊大叔将他俩推进牛嘴。出乎意料的是，牛嘴里又干燥又宽敞。宽大的牛舌头像沙发一样柔软舒适。牛喉咙处有一条通道，闪着红光。娅娅爬过牛舌头，朝红光爬去。金吉紧跟其后。他俩一直往前爬，穿过空房间似的牛胃，来到大概是牛肚子的位置，道路中断了。那里出现一架向上的木楼梯。爬上楼梯，他们来到一片青草地。草地上有两棵茂盛的桑树。树之间悬挂着一张吊床。吊床边，一盏马灯散发着柔和的光芒。

娅娅和金吉为野火肚中藏着洞天福地而赞叹不已。他俩刚在草地上坐下，就听见胡羊大叔在外面小声说话："你们千万不要出声。野火，快隐身。"

娅娅感觉到野火在走动，在某个地方停了下来。

不久，牛肚外刮起呜呜响的大风。风停止后，传来白面巫师的声音："胡羊，好久不见，别来无恙啊。"

他的声音离野火很近。娅娅和金吉屏住呼吸，立起耳朵倾听。

"大巫师和山娘夜访美瓷居，有什么事吗？"胡羊大叔冷冷地问。

"没什么事，只是来看看你。你这宅子可真不好找呢。"白面巫师说，"你的羊角还好吗？它不会再长出来了吧？"

山娘在一边发出"哧哧"的笑声。

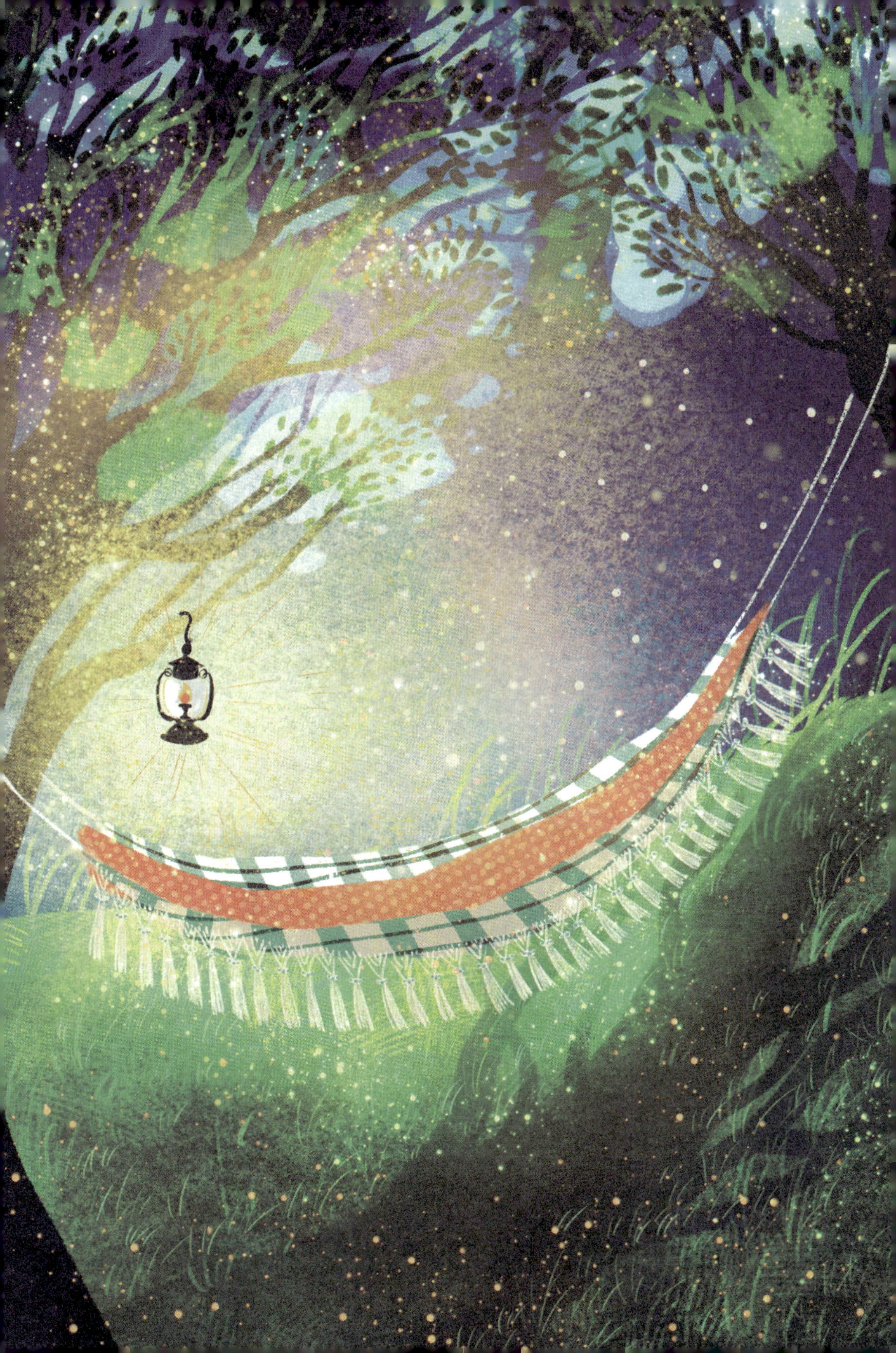

"托您的福，它不会再长了。只是在天冷的时候有点疼。"

"那你得好好在家休养啊。怎么，你要出远门？连包裹都准备好了。"

糟了，那是胡羊大叔给娅娅和金吉准备的包裹。巫师会发现他们在这里吗？娅娅和金吉不安地对望了一眼。

胡羊大叔冷静地说："当然。我不能因为羊角没了就对外面的世界失去兴趣。我是打算出一次远门。我已经很久没有出去游历四方了。"

"你这把老骨头恐怕也走不了多远吧？"巫师说，"你拿什么代步呢？骑马，还是骑牛？听说你得到一头神奇的牛，可不吃不喝，日行千里，是不是有这回事呢？"

"那是头会隐身的红公牛。红红的耳朵比红宝石更耀眼，比咕咕兔耳朵更珍贵。"山娘加了一句。

"如果我有那样稀奇的宝贝，就不用住在这寒酸的美瓷居了。"

"你这老滑头，有好东西当然得藏着。"巫师不满地说，"我今天来是想向你买红公牛的牛毛的，会发光的那种。"

"我若有红公牛，会把一整头牛送给尊敬的大巫师。"

"别那么小气嘛，胡羊。只是几根牛毛而已，大巫师会付你高价钱的。"山娘说，"这样你就可以修一座豪华的瓷宫殿，让自己的晚年过得舒舒服服的了。"

"美瓷居只有这么大，你们一眼就能看出我有没有红公牛。"

"红公牛会隐身，我们当然找不到。"山娘说。

白面巫师没说话。过了一会儿，他的声音从瓷屋里传来。"你

的客人到哪里去了？"

"您说的是鼹鼠和野兔们吗？"胡羊大叔说，"我工作的时候，他们常常待在那椅子上给我唱歌解闷。"

"你还有这样的雅兴啊。"山娘说。

"你们要是愿意多停留一会儿，我可以召唤他们来献唱一曲。"

"我不想在这里多费口舌，老滑头。你不要忘了，你的儿子雨娃还在我手里呢。"巫师说，"我们走吧，山娘。"

"你把雨娃怎么样了？"

"他犯了错，正在接受惩罚呢。要是你哪天想通了，愿意把牛毛卖给我，就来巫师阁找我，这样可以让雨娃少受一点苦。不过你最好快一点做决定。时间不等人呢。"

又一阵呜呜的风刮起。很快，风停了，外面安静了许久。胡羊大叔在牛肚外说："你们出来吧。"

娅娅和金吉从牛嘴里爬出来，站在花园中。红公牛显了形，用舌头不停地舔着鼻子。

"这两棵讨厌的烂白菜，他们怎么会在一起？"金吉气呼呼地嚷道。

"小猪说巫师常常去找山娘。"娅娅说。

"白面巫师抓到麻辣兔，会把兔耳朵送给山娘。作为回报，山娘帮他打听可以隐身的宝物。所以，他们一起出现很正常。"胡羊大叔解释说。

"他为什么想隐身？"娅娅问。

"谁不想隐身？对于巫师来说，隐身可以让他做许多见不得人

的事。"

"野火的牛毛有那么神奇吗?"

"是的。它是一头可以隐身的神牛。但如果别人想要它的牛毛帮助自己隐身,只能用发光的牛毛。"

"它身上没有发光的牛毛啊。"金吉打量着红公牛。

"野火只有在死的时候,牛毛才会发光。"

"心肝发霉的臭巫师,决不能让他的阴谋得逞。"金吉咒骂道。

胡羊大叔摸着野火的额头说:"老伙计,你也听到了,那两个家伙已经知道你的存在,迟早会要了你的性命。谢谢你这些年在这里陪我。你应该回家了,回到安全的海浮岛,陪小仙人过日子。如果你见到他,请转达我的问候和思念。我从来没有忘记他。"

野火发出哞哞声,用额头不停地蹭着胡羊大叔的手。胡羊大叔的眼睛湿润了。"我知道你的心情。但你必须回去,我会想你的。"他搂着野火的脖子,又说,"你回去的时候,拜托你把娅娅和金吉安全地送到海浮岛,让小仙人帮助娅娅找回人耳朵,并送她回龙人世界,然后把金吉送回百花镇。"

野火点头,用舌头舔了舔胡羊大叔的脸。

胡羊大叔将装有许多干粮和水的包裹交给野火。野火一口将包裹吞下去,存在肚子里。临走的时候,胡羊大叔送给娅娅一个瓷盒。她打开盒子,拿出一个直直的细羊角,上面带有皮质扣饰。羊角一头粗,一头有锋利的尖角,握在手中正合适。

"您的羊角?"娅娅看着胡羊大叔头顶仅剩的羊角,惊讶地问。

胡羊大叔点点头:"这个羊角对我来说已没有用处,但无用的东

西有时候却是最有用的。在你回家的这条路上，可能会遇到许多危险。我把它送给你，希望它可以保护你。"

"谢谢您！"娅娅说。她把羊角放进衣兜，但又想到不妥，便把它扣在花腰带上，用卫衣盖住。

分别时，胡羊大叔再次叮嘱："娅娅，无论发生什么事，一定不要忘记回家的决心，要像铜铃上写的那样，要'不离不弃'，坚持到底。唯有坚定的信念，才能让你到达你想去的地方。我希望你回家以后，让梅伯伯想办法召回他的影子，给百花镇的灾难画一个句号。"

"巫师在这里做了什么？"

"我还没完全弄清楚，但一定和麻辣兔带来的骚乱有关。为了能让雨娃早一些回家，我可一直没有放弃过寻找巫师真实身份的努力。你的故事让我明白了许多，也证实了我最初的推断。巫师确实是你梅伯伯逃逸的影子，只要影子被主人召回，我会把龙人世界与莫须王国的通道永久关闭，以绝后患。"

"那个通道在月亮坡附近。"娅娅说，"我就是从那里来到百花镇的。"

"我会找到它的。"胡羊大叔又对金吉说，"金吉，用你的勇气和清晰的头脑，帮助你的朋友。"

金吉拍着胸脯说："放心吧，我会少睡懒觉，时时保持清醒。"

"快走吧！"胡羊大叔将娅娅与金吉往野火身边轻轻一推。野火张开大嘴将他俩吞进去。

坐在牛肚里旅行，对娅娅和金吉来说，真是新鲜又有趣的体验！

牛肚里的草地很温暖，有轻微的摇动，像坐在摇篮里一样舒适。他俩打开包裹吃了晚餐后，金吉蜷缩在草地上，很快就打起呼噜。娅娅也感到睡意袭来，爬进吊床，熄灭了灯，进入梦乡。

这一夜，牛肚里无比安静。娅娅的兔耳朵没有听到任何声响，她放松下来，睡得很香。当他俩醒来爬出牛嘴时，已是第二天早晨。他们身处一片陌生的森林。阳光洒满林间，带来丝丝暖意。小溪欢快地在山间奔跑着，激起的浪花在阳光的照耀下，像万千鱼儿在嬉戏。小鸟在林间叽喳歌唱，给早晨的森林带来欢乐。

"这里太美了！"娅娅开心地说。她跑到小河边洗手，兴奋地叫起来，"嘿，金吉，快来看！这里有好多鱼。"娅娅徒手抓鱼，鱼儿狡猾地从指尖溜过。

金吉跑到河边，很快抓到几条鱼，生吃了它们。他打着饱嗝说："娅娅小姐，您该尝一尝鲜鱼的味道，真是棒极了！我给您弄几只？这里的鱼比月亮坡的鱼笨，很容易就能抓住。"

"我不吃生鱼。"娅娅爬回野火肚子里，从包裹里拿出馒头、白煮蛋和油炸花生，坐在河边的石头上吃起来。"金吉，你能讲一讲那个关于海浮岛的故事吗？"娅娅问道。

金吉正在用舌头给自己洗脸。他停下来说："故事很简单，说一位渔夫被风浪卷走，误入蘑菇岛，经历了许多冒险和误会，和岛上的小精灵成为好朋友的事。如果胡羊大叔说的是真的，那个渔夫肯定就是他自己，蘑菇岛就是海浮岛。"他看了看卧在地上歇息的红公牛，"那一定是个充满魔力的好地方。看看野火就知道了。它是真正的魔法生物。"

"可惜它不会说话。我很想知道我们现在在什么地方。"

"它能说话，只是我们听不懂，但胡羊大叔能懂。"金吉伸伸懒腰说，"管它什么地方呢。野火会带我们去海浮岛的。只要一路有吃有喝，还有个地方睡觉，我就很知足了。"

娅娅吃完早餐后，在河边玩起来。她教金吉用腰刀削尖树枝，在河中叉鱼；翻开石头，寻找小鱼虾与螃蟹；还筑起小水坝，拦截了一群小鱼。

金吉无比羡慕地说："要是我也有您这样的捕鱼技巧，每天就不会饿肚子了。"

他们正玩得开心，野火突然站起来，双耳张开，仰着头望向天空，牛鼻不停地翕动，呼呼呼地嗅闻着。娅娅和金吉竖起耳朵倾听。除了叽喳的鸟鸣和河水哗啦声，他们没有听到异常的声响。

野火朝他俩叫了几声，半蹲下来示意他们出发。娅娅骑上牛背，金吉蹲在野火的红牛角上。野火起身蹚过小溪，往森林的北方走。它走得很慢，每走一段就停下来仰头闻一下，晃动耳朵听一听。

"野火一定发现了什么。"娅娅不安地说。

第十章

脚印和城堡

"这么大的脚印恐怕只有巨人才能踩出来吧。"

第十章 / 脚印和城堡

野火穿过山谷中的密林，沿着陡峭的山脊往上走。随着海拔越升越高，山上的温度急剧降下来。娅娅和金吉冷得直打哆嗦。野火抖了抖身子。娅娅和金吉就感觉到牛背四周升起一团热气，像坐在温暖的火炉边一样舒适。

野火走到一座山的垭口时，视野一下子变得开阔了。一个白色的世界展现在他们面前。山下是一个幽深的山谷。一条铺满白雪的小河从谷底穿过。河谷两岸是茂密的针叶林，在白雪的映衬下像列队的士兵守卫着群山，挺拔的身姿里充满坚韧的生命力。河的对岸，层层叠叠地耸立着几座山峰。山顶在雪雾中若隐若现。其中一座离他们不远的 V 形山背后，缕缕炊烟从顶着厚厚雪帽的彩色屋顶升起。一些豆腐块似的小窗洞黑黑的，在高墙上似张开的小嘴巴。

"那里好像有一座城堡。"娅娅指着那里说。

"看那些炊烟，里面的人在生火做饭吧？"金吉高兴起来，"要是野火去那里，主人招待我们吃一顿热乎乎的大餐就好了。"

听金吉这样一说，娅娅也觉得饿了。那些炊烟让她想起在家的日子。只要厨房里的烟囱在冒烟，那一定是妈妈或奶奶在做饭。特别是傍晚时分，当那些烟飘到月亮上去的时候，美味的晚餐总会在餐桌等着她，安慰她咕噜咕噜叫的肚子。乡下的食物很简单，但一家人聚在一起吃饭的时光，充满烟火气，让娅娅感到满足与幸福。看着城堡上的炊烟袅袅而上，娅娅的心充满期待。她希望那里有热腾腾的食物和好客的人家。

野火翻过垭口，来到山谷中的小河边时，娅娅和金吉发现雪地上有一串通往另一座山的大脚印。脚印很新鲜，里面有鞋钉留下的方块印。野火在脚印边仔细嗅闻。

"这人穿着大靴子。"娅娅推测道。

"这么大的脚印恐怕只有巨人才能踩出来吧。"金吉说,"听说巨人坏透了,什么都吃。"

"巨人也有善良的巨人呀。故事里有一个专门给孩子送美梦的圆梦巨人,就是一个好巨人。"娅娅嗅了嗅空气,"啊,真香啊!你闻到了吗?是胡椒的香味,还有洋葱和花椒!城堡里的人一定在做好吃的东西。"

"还有辣椒味。"金吉使劲吸着香气,吞咽着口水说,"就凭他们能做一手好菜,管他什么巨人,也值得去拜访一下。"

在发现脚印之后,野火隐身了,没有像先前那样在雪地上留下脚印。娅娅和金吉也被隐藏起来。几只松鼠在雪地上觅食,对从它们头上跨过去的红公牛浑然不觉。野火穿过河谷,沿着陌生的大脚印往对面的山走去。路途中,出现了许多树被砍伐后留下的树桩,上面长满蘑菇和苔藓。雪地上开始出现明显的小径,许多凌乱的大脚印汇集在小径上,往城堡的方向延伸。空气中的香味越来越浓,娅娅和金吉的胃欢腾起来,像煮沸的粥一样咕嘟咕嘟地响。

野火翻过几座矮小的山,来到V形山的半山腰。一座高耸的彩色城堡从山脚下的树林里冒出来,蔚为壮观。一个个高低不同的洋葱头屋顶上,伸出许多喇叭状的大烟囱,正吐出浓浓的炊烟。城堡底部在树木的遮掩下无法看清全貌,但可见四周隆起许多迷你雪山,众星拱月般地簇拥在城堡周围。雪山的一侧开了一个拱形的大门洞。许多大脚印把门前的雪踏平了。

第十章/脚印和城堡

"好漂亮的宫殿!"娅娅半眯着眼看城堡,赞叹道,"会是巨人王子住的地方吗?"

金吉盯着城堡看了许久,瞪大眼睛,喃喃地说:"完了,完了!我知道那些大脚印是谁的了。"

娅娅疑惑地看着他。

"麻辣兔的大靴子啊!我怎么就没想到呢。"金吉拍着自己的脑袋说,"这里是麻辣兔的领地。这不是什么王子的城堡,这是他们的大炖锅!那口臭名昭著的大炖锅!"

"大炖锅?"

"麻辣兔喜欢吃肉,特别是带麻辣味的肉。"金吉抖着胡子说,"他们会把各种能抓到的动物扔进大炖锅,添加各种香料,做成肉汤吃掉。这群懒猪,强盗!他们本来一直在隐秘的地方生活,很少去百花镇。但最近几年,他们越来越频繁地入侵偏远的村庄,偷走人们饲养的禽畜,伤害百姓。若不是大巫师,他们说不定还会蹿到镇上去作乱。"

"这么说,白面巫师在做好事啰?"

"我可没这么说。但只有他能抓住麻辣兔,这是事实。人们因此很崇拜他。他身上那件黑兔毛披风就是麻辣兔的皮毛做成的。那毛笔巫杖更不得了,是麻辣兔的眉心白毛做的,法力强大。一只麻辣兔只有三根眉心毛,你想一想,那毛笔巫杖有多罕见。"

"麻辣兔的眉心毛很特别吗?"

"当然。麻辣兔非常长寿,能活上一百年。要是没有那三根眉心毛,他们只能活几年,所以他们的眉心白毛又叫'寿星毛'。听说普通人吃了它,可以延年益寿呢。不过普通人根本抓不到麻辣兔,就

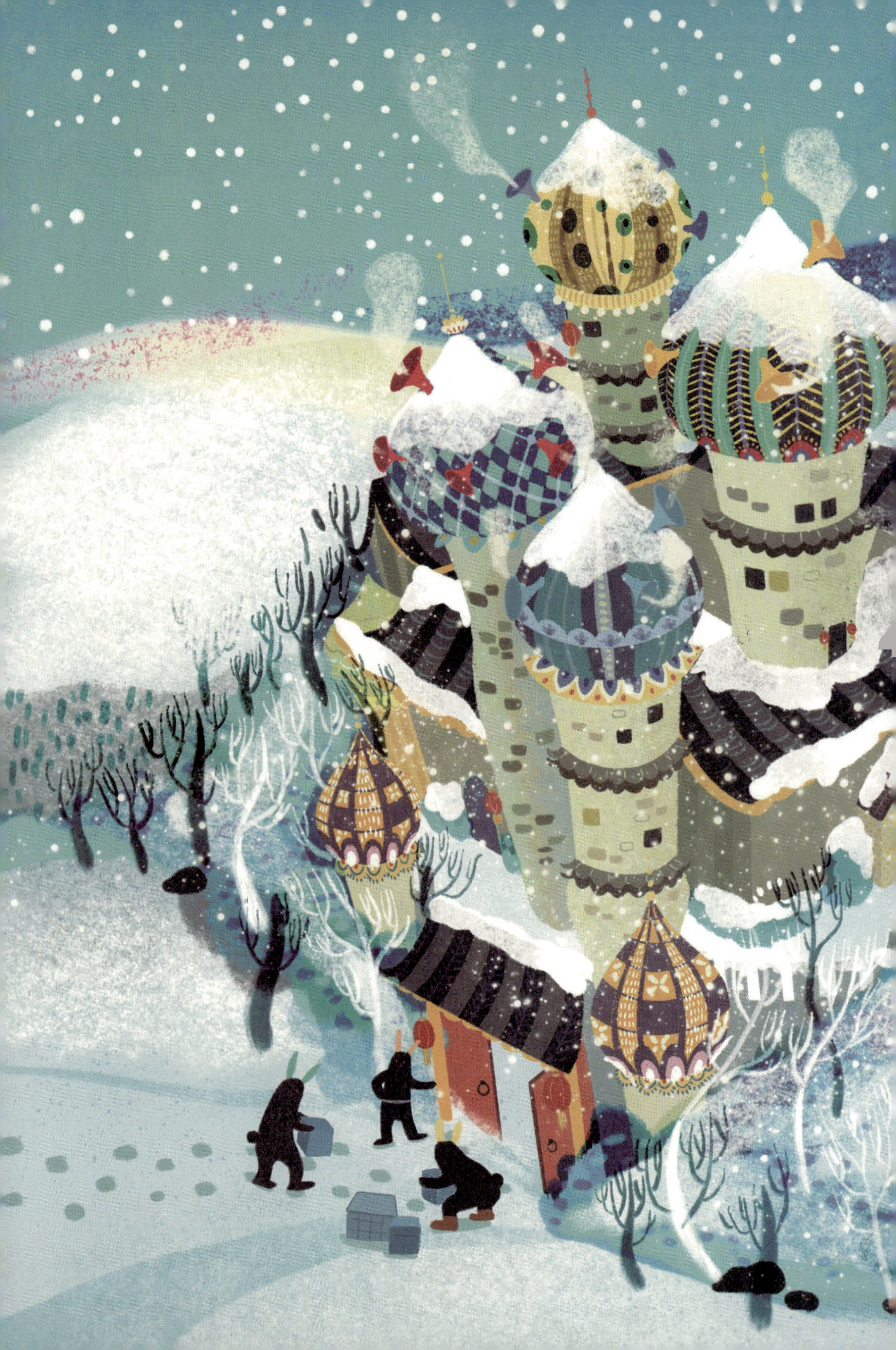

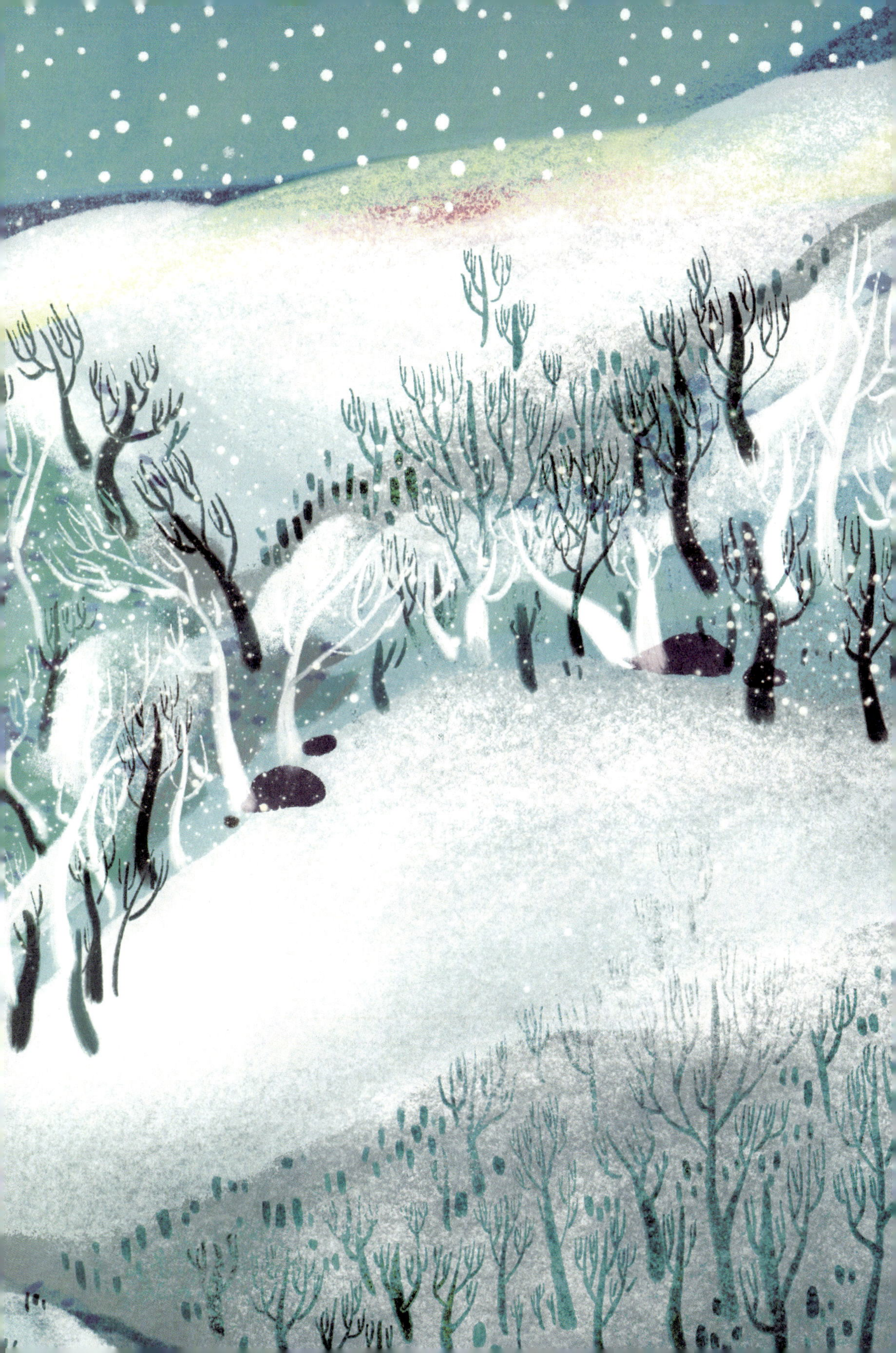

只能想想罢了。"

"白面巫师吃了吗？"

"不吃的话，一定是傻瓜。"

此时，野火驮着他们开始下山，朝大炖锅走去。

"野火，你疯了，不能去那里。"金吉敲击着牛角，叫起来，"我可不想被炖成肉汤。"

野火没理他，径直下了山。来到城堡的门洞前，他们正好撞见五六只从森林里回来的麻辣兔。他们高约一米左右，浑身长着黑色的毛，只有眉心处有三根白毛，非常显眼。让娅娅惊讶的是，每一只兔子都有一对和娅娅非常相似的兔耳朵，只不过他们的耳朵颜色是单一的色彩，不是彩虹色的。他们都系着皮质腰带，佩带着各种工具与武器：斧子、宝剑、绳子、长矛或弓箭等，再配上大皮靴，威风十足。他们的肩上扛着从森林里拾来的柴火。有两只麻辣兔抬着一个大篮子，里面装着许多捆绑起来的老鼠、小鸟、蛇或其他小动物。

娅娅可怜这些小生物，忍不住问金吉："他们要把这些小东西都吃了吗？"

走在最前面的一只黄耳朵麻辣兔突然停下来，立起双耳，看着身后的同伴说："你们说什么？"麻辣兔们摇摇头。"我明明听见有人在说话。"黄耳朵麻辣兔嗅了嗅空气，"这里有猫的气味，还有其他怪味。你们没有闻到？"

野火带着娅娅和金吉走远一些，停在下风向的位置。

其他麻辣兔闻了闻说："除了汤的香味，我们什么也没闻到。"

几只麻辣兔不再理会，都进门去了。野火跟着他们走进去。门

洞里是一个迷宫般的冰世界。一支支火把插在冰墙上，投下冷冷的光。许多麻辣兔在冰道上来回穿梭。有的拿着武器巡逻，有的提着装满各种香料的篮子，有的背着柴火，有的抬着大小不一的冰块——里面是冰冻处理过的小生物。

冰迷宫里的通道像凌乱的毛线团一样绕来绕去，让人分不清方向。野火跟随一队抬着冰块要去加料的麻辣兔，爬过许多从冰上凿出的阶梯，走过许多两侧带着深沟的冰堤，穿过一个又一个冰雪山洞，来到一座可以看见天空的圆形大庭院。

庭院中央是那座巍峨的城堡大炖锅。它由七座独立的带有穹顶的塔楼组成。塔楼之间由错综复杂的楼梯与城墙连接，上面站着许多麻辣兔，操纵着像电梯一样的滑轮装置上上下下，把装满冰块、香料和其他食材的木匣子运送到塔楼顶端的入口处。所有的塔楼都架在一个巨大的圆形炉灶上。炉灶四周开着几个灶门。每个灶门前都有麻辣兔负责添加柴火，拉动风箱鼓风，让火烧得旺旺的。

庭院一角堆满圆木与树枝。一些麻辣兔正在把圆木劈成小木块，整整齐齐地堆成小山。在另一个角落，有一个用石头修筑成的大池子。池子里横七竖八地放着许多冰块，里面可见被冻着的生物。麻辣兔正把冰块往木匣子里装，以便通过滑轮装置运到塔楼上。野火跑到池子边。娅娅惊讶地看见，在一块很大的冰块里，冻着瓷人雨娃。虽然他的面部出现了许多裂纹，但娅娅还是认出了他。

"雨娃！"娅娅惊呼道。

正在他们附近干活的几只麻辣兔停下了手里的活。

"是谁？"一只白耳朵麻辣兔问。所有的兔子都面面相觑。

娅娅和金吉跳下牛背,要把冻着雨娃的冰块拖走,可他俩一离开野火,就显露出形体。

"有小偷!"

"拉警报!"麻辣兔们尖叫着,乱成一团。紧接着,有兔子啸叫着发出警报。那叫声似狼嚎划破天空,令人毛骨悚然。

第十一章

大炖锅

"哦，爸爸，谢谢您一直都在。"

城堡里啸声四起，麻辣兔从各个角落跑出来，操起武器奔向庭院。金吉拔出腰刀，露出尖牙，威胁兔子们不要靠近。野火显现身体，站在娅娅与金吉的前面晃动着牛角，朝兔子发出怒吼。兔子们不敢往前一步。

那只在洞口遇见的黄耳朵麻辣兔走出来，把他们打量一番说："怪不得我闻到猫的臭味，原来是你们这些贼。"

金吉挥舞着腰刀说："你们这些黑毛鬼才臭烘烘的呢。你们连洗澡是怎么一回事都不知道。"

"小猫咪的嘴巴还挺硬。你的肉吃起来估计也是硬邦邦的，得炖上好几天才能嚼得烂吧？"

金吉打个寒战，低声对娅娅说："快想办法啊，聪明的小姐。"

"你别烦我，我正在想。"娅娅绞尽脑汁想啊想，终于想到一个主意，"要是野火把我们和雨娃都吞进肚子里，再隐身逃出去就好了。野火，你觉得怎样？"野火点点头。

"但我们得冲出包围圈，够着水池里的雨娃才行呀。"金吉说。

"你们要走吗？"黄耳朵麻辣兔说，"别妄想了。至今还没有谁从麻辣兔的大炖锅里逃出去呢。"他打量着娅娅说，"这位小姐，你长得好奇特。你怎么会有和咕咕兔一样的耳朵？是去美容店做的吗？"

"不关你的事。"娅娅说。

"老大，她会不会是白面巫师变形失败的假咕咕兔？"一只蓝耳朵的麻辣兔说。兔群里响起嗡嗡的讨论声。

"你究竟是谁？谁派你来的？"黄耳朵麻辣兔问道。

"我自己来的。"娅娅说，"只要你把我的朋友放了，我们会

立即离开的。"

"谁是你的朋友？"

娅娅指了指装着冰块的池子，说："那个瓷人。"

"你果然与巫师是同盟。那是我们在森林里找到的食物，为什么要给你？巫师取了许多麻辣兔的性命，我们与他有不共戴天的仇恨，吃他一个徒弟是应该的。"

"我不会让你们吃了他。"

"要不这样吧。我可以放他走，但你得留下来。不管你是什么咕咕兔，把你加到肉汤里，味道一定棒极了。"兔子们兴奋起来，不停地点头，舔着嘴唇。

"你们要是敢伤害她，我会让你们吃了上顿没下顿！"金吉凶狠地说。

"硬邦邦的肉还挺有胆量的。"黄耳朵麻辣兔冷笑一声说，"既然我们达不成一致意见，那就只有不谈了。你们都得留下来。吃点香喷喷的美食，泡个热乎乎的澡，再来一次舒舒服服的按摩，然后到城堡里去坐坐。"

"他要把我们都煮了，娅娅小姐！"金吉低声叫起来。

娅娅突然抓住金吉的尾巴，将他朝黄耳朵麻辣兔扔过去。"拖住他们，金吉！"娅娅喊道。

"喵——"金吉不得不亮出锋利的腰刀和利齿，与黄耳朵麻辣兔斗起来。与此同时，所有的麻辣兔啸叫着朝娅娅与野火冲锋。娅娅奔到木柴堆边，抡起木棍击打扑过来的兔子们。野火跃过兔群，跳到水池中，把冻着雨娃的冰块吞下肚，然后风一般地冲到娅娅与金吉身边，

分别将他们叼起，甩到牛背上，往冰迷宫奔去。通道里挤满了怒气冲冲的麻辣兔，把它逼回庭院。它不得不在庭院中绕圈奔跑，躲避麻辣兔一轮又一轮的攻击。它试图往屋顶上冲。

"用网罩住它！"黄耳朵麻辣兔命令道。在庭院上空，出现了许多拖着大网的麻辣兔。大网迅速张开，眼看就要从上面罩下来。

"快隐身啊，野火！"娅娅拍着红公牛提醒道。野火站立不动，开始隐身，但不知为什么，隐身失败。它傻愣愣地站在那里，不安地跺着脚。兔子们冲上来，它猛地跳开。娅娅一时没稳住自己，被甩出牛背。一群麻辣兔迅速扑向她。她跑到塔楼的墙边。那里有扇虚掩着的门。她撞开门，跑了进去。

一股热气和麻辣香味立即包围了她。她浑身冒汗，不停地打喷嚏，流眼泪，喉咙干涩，听力急速下降。打喷嚏让她的眼皮有点肿，看不清里面的情况，只能模模糊糊地看到她的面前立着几个几十米高的庞然大物，像通天柱一样拔地而起，直通塔楼顶端，在上面形成巨大的漏斗。许多大大小小的管道从漏斗上垂下来，在塔楼中穿梭，散发着令人窒息的热气。娅娅的兔耳朵像被棉花塞住一样，什么也听不见了。她的脑子里也有一团热气，让她无法思考，但她嗅到空气里的危险气息正在逼近。她只想逃命，不停地跑，就像她在田野上奔跑想弄出声响听见声音一样，想尽快逃出这死寂的世界。

她半眯着眼睛，看见麻辣兔如潮水般涌进来，挥舞着各种武器。娅娅听不到他们的吼叫，但能感觉到空气在喊叫声中剧烈抖动。那是危险的信号，让她肌肉紧绷，随时准备狂奔。麻辣兔的体臭味与热气里的香料味混合在一起，形成一股微弱的风，让娅娅感知到麻辣兔的

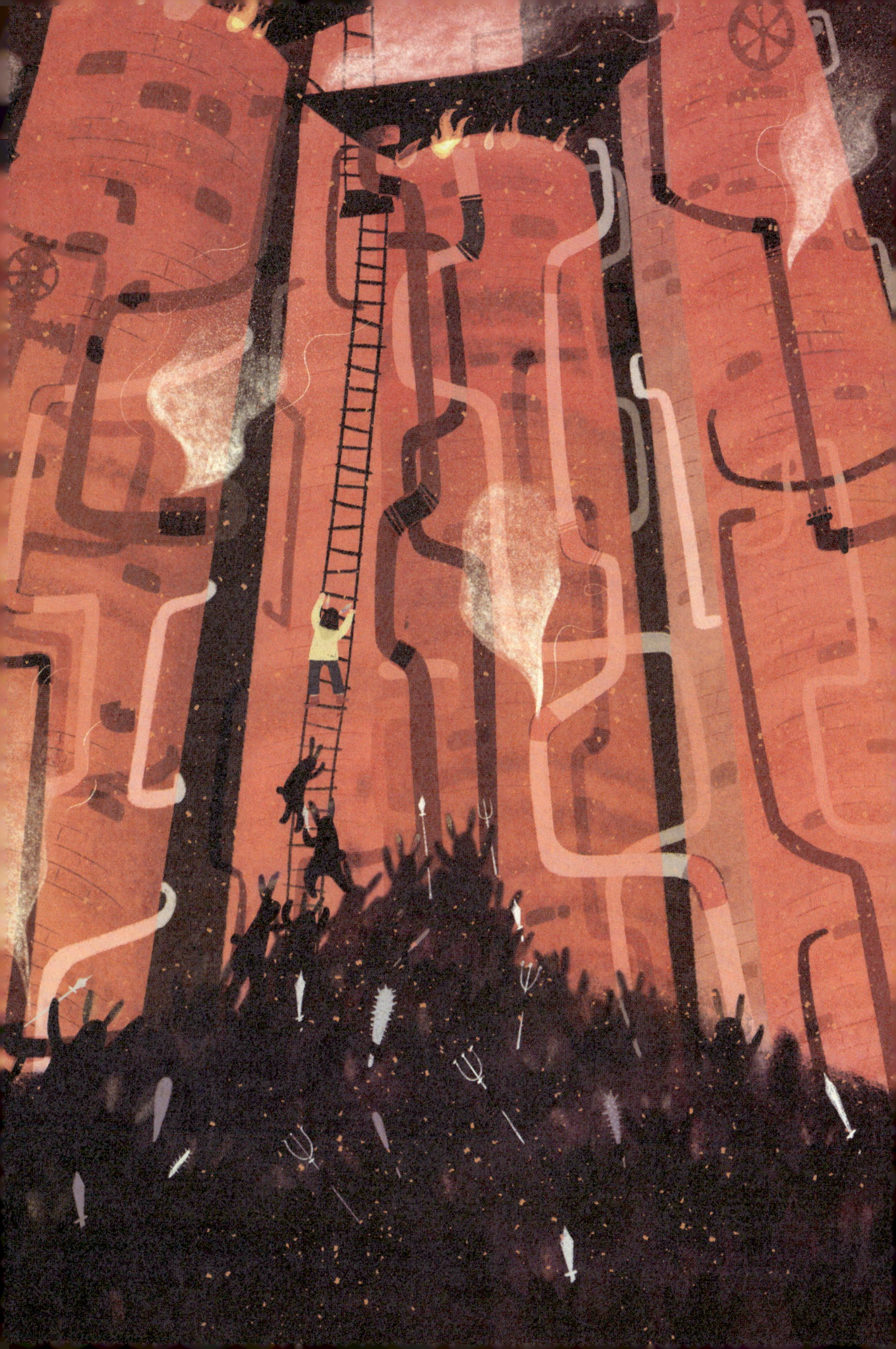

方位。

　　她在管道间躲来躲去，但塔楼里涌进越来越多的兔子，她无处可逃。她发现通天柱上有一架隐秘的悬梯，通往顶端的漏斗处。她抓住悬梯往上爬，在空中晃来晃去。很快，悬梯不再摇晃，有重物拖住了它的底部。娅娅低头看，只见许多麻辣兔像蚜虫一样，正争先恐后地往梯子上爬。她艰难地爬到顶端的漏斗处，站在了往外翻的沿上。这是一个又大又深的陶锅，里面浮着许多冰块。辣椒、花椒、八角、洋葱、桂皮和肉块在翻滚的红油中，发出咕嘟咕嘟的声响。它的上方有一个支出来的平台，栏杆上系着两把大汤勺。平台通往外面，是麻辣兔往锅里添加食材和搅拌肉汤的地方。

　　这里的空气比下方清新多了，她恢复了听力和思考能力。只是锅里的香料气味极其浓郁，让她不停地打喷嚏。她想离炖锅远远的，便沿着汤勺往平台上爬，然而那里也出现了麻辣兔。他们都立起耳朵，情绪激动地逼近娅娅，大喊大叫着："到锅里去，到锅里去。"

　　娅娅望了望热汤不停翻滚的炖锅，以及从平台和悬梯处爬来的兔子，脊背发凉。她这才想起身上拥有唯一的武器——胡羊大叔赠送的羊角，她拔出它，挥舞着不让兔子们靠近。兔子们脸上的兴奋劲不见了，他们停止往前，充满恐惧地叫道："离锅远点！离锅远点！"

　　这提醒了娅娅，终于明白兔子们在害怕什么——他们怕她损坏炖锅。她回到锅沿上，试着用羊角敲了敲炖锅。"当，当，阿——嚏。"兔子们瞪着惊恐的大眼睛，集体往后退，后面的兔子被撞倒，引起一阵骚乱。这就对了，娅娅对自己的判断很满意。她又连续敲了几下，"当，当，当，阿——嚏。"兔子们张大嘴巴，似乎在哀嚎尖叫。空

气里充满绝望的气息。他们继续退后，但并没有打算放弃追赶娅娅。

娅娅势单力薄，面对多如牛毛的麻辣兔，如果再这样持续下去，她肯定会热得虚脱，被他们推进锅里。也许摧毁炖锅，会让他们彻底退下吧，娅娅想。她一边打着喷嚏一边用羊角凿炖锅，像爸爸用錾子凿石头一样，"当，当，当，阿嚏。当，当，当，阿嚏。"坚硬的炖锅与羊角撞击着，把娅娅的小手震动得发麻。

兔子们情绪崩溃，纷纷往后退。悬梯上的兔子像成熟的果子一样，砰砰砰地落在地上，堆成兔子山。但黄耳朵麻辣兔和一些胆大的兔子没有被吓跑。他们扭曲着脸，既害怕又愤怒地露出森森白牙，朝娅娅逼近。一些兔子见头领做出表率，也折回来重新组成兔子大军。

炖锅太坚硬了，回弹的力量让娅娅的手疼起来，而炖锅一点损伤也没有。"爸爸救我！"看着麻辣兔离自己越来越近，娅娅在心底喊道。

"嘿，娅娅，过来。我教你怎么用錾子。"爸爸的声音在脑海里蹦了出来，"不要把錾子握得太紧，否则打击它的时候，它会弄痛你的手。对，就是这样。分开石头的时候，要顺着石头的纹理找到要敲击的位置，画一条直线。在线上用錾子打几个槽，镶入铁楔子。打铁楔子的时候也不要一次打到底，只需要这里打几下，那里打几下，慢慢地，石头就分开了。干活要用正确的方法与巧劲儿……"

哦，爸爸，谢谢您一直都在。娅娅的心冷静下来，头脑变得十分清醒。凿炖锅和凿石头不是一样的吗？娅娅仔细查看炖锅，发现不远处有一条修补过的接缝。她将羊角对准接缝敲击，"当，当，当，阿嚏。""当，当，当，阿嚏。"敲一会儿，在接缝上换个地方，继续敲击，"当当当，当当当。"她专注地凿着，浑身充满力量，完全

忘记了围上来的麻辣兔,也忘记了打喷嚏。

汤从缝里渗出来,似雨滴般往下落,接着,它变成雨丝,落在滚烫的管道上,发出"嗞嗞嗞"的声音。在一股股热气升起的同时,四周响起麻辣兔的哀叫。她将羊角插入逐渐开裂的缝,一撬,噼啪,裂缝一下子变大了,蔓延至整个接缝,热汤像高压水管中的水喷涌而出。

"炖锅漏汤了!"

"它要炸了!"

"快逃啊!"

麻辣兔们尖叫着,纷纷跑出塔楼。黄耳朵麻辣兔扑向娅娅。娅娅闪开了,迅速爬上靠近炖锅边缘的小窗洞,往外一看。下面可真高啊!她的腿有点发软。

"跳啊!你这可恶的强盗!"黄耳朵麻辣兔站在锅边,堵住娅娅说,"你把我们的炖锅毁了,我要让你做一辈子的苦工,再把你做成肉汤,赔偿我们的损失!"

娅娅退到窗户边缘,又往下面看了看,惊喜地发现金吉和野火正站在屋顶上,示意她往下跳。她安心了,对黄耳朵麻辣兔说:"你的愿望恐怕不能实现了。再见!"她往下跳去。

突然,"砰"的一声巨响,塔楼里的一口炖锅爆炸了,接着又是几声"砰——砰——砰——",其他炖锅也接着爆炸。顿时,热汤四溅开来,像火山岩浆一样冲垮塔楼,涌入庭院与冰迷宫。那些冰块筑成的通道正在融化,坍塌,"嗞嗞嗞"地冒出水汽,像雾一样把四周笼罩,吞没……

娅娅被一股热气弹开,从空中飞出去。野火腾空一跃,用牛背

第十一章 / 大炖锅

接住了她。它冲出雾气,翻过 V 形山,离开了麻辣兔的领地。

野火一路狂奔。四周的景物变成一条条色带,从娅娅的眼前呼啸而过。虽然野火跑得飞快,但娅娅坐在牛背上却非常平稳,只有轻微的摇动。她刚从炖锅爆炸的惊险中舒缓过来,就听见金吉说:"娅娅小姐,您是我见过的最凶狠的女孩!"

"为什么?"娅娅不喜欢"凶狠"这两个字眼。

"您已经不是第一次抓我的猫尾巴了。"金吉抱怨道,"您还把我扔给麻辣兔去送死。"

娅娅笑起来:"只有这样我们才能引开麻辣兔,让野火有时间救出雨娃呀。雨娃呢?"

"野火肚子里。"

"他会不会被冻死了?"

"他是陶瓷人,冻不死的。"金吉冷冷地说。

"你好像不高兴?"

"你只关心雨娃,对于我是死是活不管不问。"

娅娅一下子明白了,金吉还在为自己把他扔给麻辣兔生气呢。"对不起啦,我的好金吉!"娅娅诚恳地说,"当时情况紧急,我不得不那样做。你是我见过的最勇敢的猫武士。你和麻辣兔作战,一点也不退缩,是一个真正的英雄呢。"

金吉听到娅娅的夸赞,心里好受了些。"您真的这样认为?"

"当然,要不我就不会让你当先锋了。"

金吉站起来,摆出一副威风凛凛的样子说:"那您觉得我能打败一条恶狗吗?"

"恶狗？我觉得你可以战胜一条恶龙。"

金吉的心飘起来，他跳到娅娅面前，充满感情地说："连您都这么说，那我肯定可以。自从您拿回您的铜铃，并用棍子打败我以后，我就一直认为您是一个有力量的女孩。我之所以跟着您，除了回报您的好心，也希望自己有一天能摸摸您的人耳朵，拥有您这样的勇气，去完成我的使命。"

"什么使命？"

金吉羞怯地低下头，摆弄着腰刀，过了好一会儿才说："以后告诉您吧。"他转移话题，"您把麻辣兔的大炖锅砸了。那些臭烘烘的兔子会永远记住您的。"

"我没想过要毁掉大炖锅。我是迫不得已。他们围住我，要把我扔进锅里。"娅娅说着，突然有点同情麻辣兔了，"他们没有了锅，会不会饿死呀？"

"只是暂时没有好吃的肉汤罢了。他们会再修一个新的炖锅。"

野火跑了很长一段路，在一座瀑布前停下来。这里已经没有冰雪，空气温暖宜人。瀑布的水从高耸的岩石上倾泻而下，在半空中形成薄薄的水雾。瀑布下有一座深水潭。水潭的水很清澈，冒着热气。野火将冰块吐到潭水里，蹲守在一边。冰块在瀑布水的冲击下翻滚着，浮浮沉沉。

娅娅滑下牛背，摸摸潭水。"水是热的，金吉。这是一处温泉耶！"她快活地说，"野火真了不起，竟找了这么好的地方融化冰块。"

"要是我能游泳的话，也很了不起。"金吉说，"听许多人说泡温泉很舒服，你不试试吗？"

第十一章 / 大炖锅

"我还从来没泡过温泉呢。反正我浑身都被汗水打湿了,想洗个澡,否则会变得和麻辣兔一样臭烘烘的。"她找到潭水最浅的地方,脱下雨靴,把整个身体浸在水里,舒舒服服地洗了头和脸,连带着把身上的衣服裤子搓干净了,"金吉,真舒服啊,你也来洗洗。"

"我不去,我怕水,打湿了毛还会感冒。"

"野火可以把你烘干。"

"不去。"

不久,冻着雨娃的冰块完全融化了。他游上岸,一把抱住野火说:"老伙计,谢谢你救了我!"

"还有我们呢。"金吉提醒他。

"当然,你们的功劳比这瀑布还要大。"雨娃走过去,狠狠地揉搓着金吉的毛发。

"停停停!哪有这样感谢一只猫的?"金吉说,"你身上的水把我弄湿了。"

雨娃把娅娅抱起来,在空中转了几圈才放下。"能再见到你们真高兴啊。"他兴奋地说,"你们是怎么发现我在那里的?"

"野火带我们去的。"娅娅说,"你怎么会在那里?"

"师父回来时没有看见你,勃然大怒,要把我关进小黑屋。那时,他接到山娘的密信,去了山娘那里一趟,回来时竟拿着那封我写给爸爸的信。他从信中得知我想离开巫师阁,非常生气,用魔法将我定住,加热,然后再把我冻在冰块里,沉入荒野的湖底,制造了采药失踪的假象。我是一个陶瓷人,最害怕外界温度的急剧变化。我的身体在那样的折磨之下,随时都会裂开。我用自己的意念维持着身体的完整,才不至于立即破碎。"

"幸亏我们去得及时，否则你就变成麻辣兔的肉汤了。"金吉说。

"那可不一定，那冻住我的冰块中有特殊的魔法，普通的加热方法无法融化。"雨娃说。

"为什么温泉水可以呢？"

"野火把我放入温泉水之前已经将魔法解除，要不温泉水也不行呢。"

"我很抱歉，雨娃。"娅娅说，"都怪我把信弄丢了，才让你受这么多苦。"

"没关系，我还得感谢你把信丢了呢。" 雨娃笑着说，"若不是这样，我就不会知道关于巫师的大秘密。"

第十二章

秘密

"我只拿一两颗蛋而已,不会被发现的。"

野火卧倒在地，身上散发出宜人的热气。雨娃、娅娅和金吉爬上牛背，一边烘烤衣服一边听雨娃讲大秘密。

"当我在湖底的冰块里躺着的时候，几只麻辣兔出现在那片湖。他们驾着小船在捕鱼，很快发现了我。"雨娃回忆道，"麻辣兔一直憎恨师父，当他们认出我是巫师阁的学徒时，恨不得吃了我。他们把我带到大炖锅那里。他们的首领对我为什么会出现在湖底有疑虑，对是否要吃掉我犹豫不决。麻辣兔为此争吵起来。从他们的争论中，我才知道，师父来自龙人世界，是一位龙人的影子。这和娅娅当初对我说的是一致的。麻辣兔说，师父为了保持自己的形体而不被风吹散，捕捉了许多麻辣兔，将他们的皮毛制成兔毛披风，一直穿在身上不离身。他还将麻辣兔的眉心毛做成毛笔巫杖，让它有了魔力。但兔毛披风的使用寿命很短，所以他得不停地捕捉新的麻辣兔，获取新的皮毛。为了寻找生活隐秘的麻辣兔，师父用变形魔药将普通生物变成假咕咕兔，引诱麻辣兔现身。麻辣兔极其喜欢将罕见的咕咕兔作为调料放入炖肉中，当他们看见那些假咕咕兔时，往往无法分辨出来，因此被抓了不少。"

"麻辣兔以为我是变形失败的咕咕兔。"娅娅说。

"你在恢复人形之前就是咕咕兔嘛，这对彩虹耳朵就是咕咕兔最明显的特征。"雨娃说。

"现在你相信是巫师在水里加了东西，把我变成咕咕兔了吧？"

"这完全有可能。麻辣兔还说，师父很想成为一名独立巫师，摆脱主人的束缚。他不仅让自己有了形体，习得魔法，还在寻找其他魔法物，增强自己的力量。"

第十二章 / 秘密

"他在找可以隐身的东西，比如野火发光的牛毛。"金吉说。

"你怎么知道？"

金吉把在胡羊大叔家发生的事告诉他。

"原来是这样，我知道他为什么需要隐身魔法物了。"雨娃思忖着说，"师父刚开始的时候是没有兔毛披风的，他能捉到麻辣兔，是因为影子的速度很快，能追上奔跑速度同样快的麻辣兔。但他跑得越快，风就越容易吹散他，让他很痛苦。以前他对我说过，他最讨厌风，风让他浑身疼痛。后来他有了兔毛披风，奔跑时不痛苦了，但是披风上有死兔子的气味。麻辣兔很容易发现他，所以他需要将自己隐藏起来，这样追捕麻辣兔就容易多了。"

"你分析得很有道理。"金吉说。

"那他为什么要梅伯伯的铜铃呢？"娅娅问。

"也许和他想成为独立巫师有关。不管怎么说，现在我终于自由了，可以和你们一起去海浮岛找小仙人。"

"你的身体要紧吗？"娅娅担忧地问。

"没什么大问题。"这时，野火走过来，舔着雨娃的脸。雨娃摸着它的头说："我真的没事。"他又对娅娅说，"海浮岛在哪里？离这里远吗？我从来没听说过这个地方。"

"你没听你父亲讲《蘑菇传奇》的故事吗？"金吉问。

"听过几次，但那只是个故事啊，和海浮岛有什么关系？"

"海浮岛就是故事里的蘑菇岛。小仙人是那个精灵。你父亲是渔夫。那个故事是真实的。"金吉说，"野火来自海浮岛，只有它知道如何找到那个地方。"

"多么奇妙的事啊！可爸爸为什么要对我隐瞒呢？"雨娃叹了口气，"爸爸把我从窖子里拿出来，给予我生命后不久，就发生了他与师父斗法失败的事。于是他便把我送到了巫师阁，说是让我去学习魔法。从麻辣兔口中才知道，原来我只是师父的人质。师父为了防止爸爸东山再起才逼他这样做的。爸爸对我隐瞒海浮岛的秘密，也许和哄我去当学徒，从来不去看望我一样，也有他不得已的理由吧。"

"胡羊大叔说如果他去看你的话，巫师会让你受更多的苦。"娅娅说，"他还说你在他心里是真正的家人，是他最爱的孩子。"

雨娃的脸上放着光芒，欣喜地说："我就知道爸爸是这个世界上最爱我的人。他当然不能来看我，我是人质嘛。怪不得师父从不将魔法传授给我。"

"别口口声声叫他师父了。到了海浮岛，你可以拜小仙人为师，学习真正的魔法。"金吉说。

"这是个好主意。好了，秘密说完了，我们该启程了。"雨娃拍着野火的头说，"老伙计，请加快速度带我们去海浮岛吧。"野火起身，喷喷鼻息，甩甩尾巴，隐身飞奔起来。他们经过的地方像一阵疾风吹过，没有留下任何足迹。

路上，娅娅突然问道："雨娃，为什么在大炖锅那里，野火会隐身失败呢？"

"它一定是太紧张了。"雨娃轻抚野火温暖的牛背说，"它只有在放松的时候才能施展隐身术。"

野火跑出森林，来到花海边，准备入海。花海里波涛滚滚，拍

打在岸边的岩石上，发出轰隆隆的巨响。

"海浪太大了，我们到野火肚子里去。"雨娃滑下牛背说，"现在已经快过晌午了，咱们得吃点东西。我相信爸爸一定给你们准备了好多吃的吧？"

说到吃，娅娅和金吉都高兴起来。他们一路上都在交谈，谈起雨娃在巫师阁学习魔法的事，娅娅和金吉在美耳定制中心做人耳朵的事，娅娅在龙人世界生活的事……他们谈了许多许多，竟忘记肚子早已饿了。野火张开嘴让他们钻进去。他们来到先前的草地上。这里已是白天。娅娅睡过的吊床还挂在两棵桑树之间。桑树下的包裹里，胡羊大叔准备的干粮还是那么新鲜，不过全部都是冷食。

雨娃说："我去海里弄新鲜的鱼，做热乎乎的鱼汤。"他用金吉的腰刀砍下一根桑树枝，将一头削尖，爬出牛嘴，不到一刻钟的工夫，就带回来一条三四斤重的大鱼。鱼已经剥开并清洗干净，白嫩嫩的肉看起来非常诱人。雨娃变出自己的竹笛，用竹笛将一些桑叶变成了木柴，一口装着水的铜锅和汤勺。他架起三脚架，把铜锅吊起来，放入鲜鱼，生火煮鱼汤。

金吉看呆了，赞叹道，"你的笛子真厉害！这条鱼是你用它变出来的吧？"

"是野火潜到海下，和我一起抓到的。这是一条真正的鱼。"

"你能变出真正的鱼吗？"

"不一定。我只会施展最简单的变形魔法，能把一种没有生命的东西变成另一种没有生命的东西。如果要在生命与生命之间，或者生命与非生命之间进行变化，难度就高了。白面巫师对此非常擅长，比如他能将普通生物变成咕咕兔，但他从不教我这些。我只是偷学了一点皮毛而已，还总是出错。娅娅的人耳朵没有变回来就是这个原因。"

"那金币呢？"

"这个没问题，只要知道金币的构造就行。"

"你能为我变出许多金币，让我成为世界上最富有的猫吗？"

"金吉，如果你走这条捷径，你会失去活着的意义和价值，你不会开心幸福的。"雨娃说，"而且施展魔法需要消耗魔法师的生命力。如果我为你变出了金山银山，我可能早已成了一堆烂泥。"

"可是挣钱真的很难。"娅娅说，"我爸妈为了凑齐医治我耳朵的钱，要跑到很远的地方去干活。"

"正因为如此，才让我们更加珍惜生命和来之不易的一切。"雨娃说。

"哎，别谈大

道理了。你的魔法除了变出锅碗瓢盆，总有更大的用处吧？比如帮胡羊大叔变一只新的羊角？"金吉说，"只有一只羊角的羊看起来怪怪的。"

"爸爸也许更喜欢他本来的样子，要不他早就自己动手了。"

"雨娃，胡羊大叔的羊角是怎么被割掉的？"娅娅问。

"臭巫师干的，我告诉过你他们斗法的事。"金吉说。

"这件事的来龙去脉还得从麻辣兔的诞生说起。"雨娃说，"爸爸曾告诉我，麻辣兔的祖先本是普通的草食动物。曾经有一位年轻的百花镇大巫师非常好奇，想知道兔子吃肉的话会怎样。于是他偷偷地做了一个实验。他抓来一些兔子，用魔药改变他们的饮食习惯。这些兔子从此以后再也不吃草，变成了纯粹的肉食动物。后来，兔子们为了吃到更多的肉，从巫师那里逃出来，去森林捕捉各种能吃的生物。他们的体形越来越大，性情也越来越凶残。他们拥有了自己的领地，还学会了熬制麻辣肉汤的绝活，并修建了奇特的大炖锅。但随着族群不加节制的扩大，领地里的食物不够吃了，他们便蹿到百花镇偷盗家养的禽畜，伤害居民，甚至抢走人们献给大巫师的食物。年轻的大巫师想了很多除掉麻辣兔的办法，但麻辣兔奔跑的速度极快，很难被捉住，所以他剿灭麻辣兔的行动失败了。不久以后，人们得知这种兔子怪物是他制造出来的，便把他驱逐了。其他大巫师继位之后，都会想各种办法抓捕麻辣兔，但效果都不理想。因此百花镇一直都饱受麻辣兔的侵扰，直到白面巫师的到来。刚开始时，白面巫师抓捕了许多麻辣兔，大家都很崇拜他，因此选他为新的大巫师。只是和平并没有维持太久，麻辣兔侵犯居民的事件越来越多。白面巫师对那些盗贼似乎也无能为力了。"

"是那兔毛披风的原因吧？"金吉说。

"应该是这样的。"雨娃回答说，"爸爸认为传统的诱捕方式会导致麻辣兔心生仇恨，总是伺机报复百姓，这种互相伤害的事件没完没了。他经过调查研究，发现一些麻辣兔已经意识到同类为了争夺肉食常常打斗，丢掉不少性命，生活越来越不安宁。他们开始厌倦以肉类为食的生活，偶尔吃草，出现返祖现象。于是爸爸提出引导麻辣兔回归食草生活的建议——给予他们能耕作的土地，让他们种植牧草，允许他们来百花镇交易，丰富食物种类。虽然种植和采集百草辛苦一些，但是因为草类供应充足，又能通过交易获得其他食物，他们更有可能过上幸福的生活，让百花镇重回和平时代。爸爸的建议得到了许多人的拥护，但他的理念与白面巫师的目标是不同的，所以他俩产生了许多争执。白面巫师为了不让爸爸获得大巫师之位，在选举之前，私下里约爸爸斗法。他想杀死爸爸。爸爸在失去一只羊角后逃脱了。从此以后，他就退出竞争，和野火一直隐居生活。巫师其实一点也不了解爸爸。爸爸喜欢过普通的生活，才不愿意去做什么大巫师呢。他是为了百花镇才接受斗法的。"

"巫师太坏了，一点也不像梅伯伯。"娅娅说。

"为了权力和地位，即使是好人，也可能会变坏的。这个世界上，有几个人不贪恋它呢？"雨娃说。

鱼汤很快做好了。雨娃挑出鱼骨头，把青草变成调味料加入汤中，用勺子搅一搅，鱼汤的香味顿时弥漫开来，让人垂涎欲滴。大家兴高采烈地围坐在一起，用桑叶变成的碗和小勺分享鱼汤。娅娅认为

这是她吃过的最美味的一次鱼汤，因为这是平安归来的雨娃做的，因为一切都来之不易。

傍晚时分，野火在一座石岛上了岸。娅娅、金吉和雨娃从牛嘴里爬出来，在一个浅浅的山洞准备过夜。野火游了一整天，很快就隐身睡着了。

金吉在牛肚里睡了一下午，肚子早已饿得呱呱叫。他踮起脚东张西望，舔着嘴巴说："岛上肯定有许多鸟蛋。我得去上面转转。"

娅娅说："金吉，你去偷海鸟的蛋，他们会不高兴的。"

"我可以抓鱼给你吃。你不是最爱吃鱼吗？"雨娃也劝道。

"我当然喜欢吃鱼。但让我每一顿都吃鱼，也会有厌烦的时候呀。"金吉说，"我只拿一两颗蛋而已，不会被发现的。我很快就回来。"

没等娅娅和雨娃再说什么，他早已不见了踪影。

第十三章

毛茸茸的礼物

"现在,让我们的开蛋勇士打开蛋,大家一起享受美味吧!"

这座石岛叫船岛,从某个角度看似一艘巨轮在海上航行。岛上的土著是数量众多的海燕。他们以燕大王为首,在此繁衍生息数百年,十分兴盛。附近海域的食物十分丰盛,但在海上捕食危险重重,稍不留神就会被喜食海鸟的鹰鱼拖进海里。于是海燕们捕鱼的时候,都会聚在一起形成庞大的燕群,像暴风雨一样快速俯冲、翻转和绕圈,干扰鹰鱼的注意力后,分批下海。当鹰鱼拖走那些慢半拍的倒霉鬼时,其他燕子会趁他们享受猎物的空当冲入海中捕食。

这些年,海燕的繁殖速度很快,船岛也越来越拥挤。年轻的燕子们没有住处,便蛮横地赶走其他海鸟,霸占他们的家,或者干脆抢夺其他燕子的巢。因此,每天岛上都有海燕打架斗殴或争夺地盘的冲突发生。

船岛的内部有一个巨大的燕子洞,连接着几条天然形成的小隧道,直通船岛外面的大海。洞的上方有一个小小的洞口,供燕子们日常进出。所有海燕都喜欢住在这里,即使洞里拥挤得水泄不通,臭气熏天,他们也不愿意到外面的山崖上做窝。就在金吉在岛上寻找鸟蛋的时候,燕大王正在燕子洞中调解一起侵占巢穴的纠纷。当他们吵得不可开交时,一块大圆石从上方洞口砰砰砰地蹦了下来,正巧落在燕大王的石头宝座下方。燕大王从宝座上急急飞起,撞在岩壁上,把鸟羽做的王冠压扁了。

燕子们呼啦啦地飞出洞口,一时造成交通堵塞,尖叫声一片。等到大家没有发现异样,停止逃窜并返回时,才看清那块圆石是一颗巨蛋。蛋足有篮球那么大。蛋壳是淡蓝色的,上面布满不规则的灰斑。

海燕们远远地打量着这颗奇怪的蛋,叽叽喳喳地议论起来。这

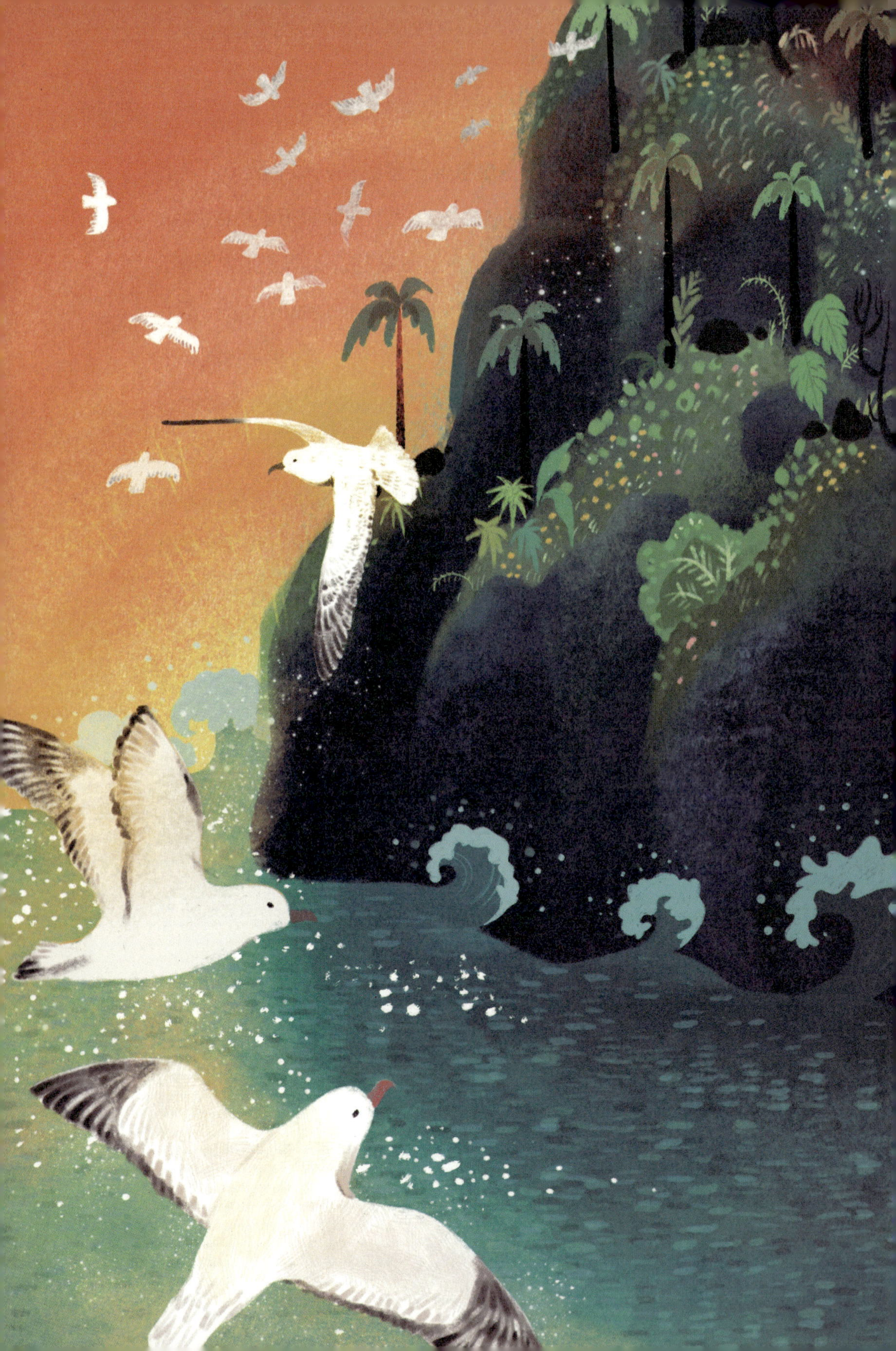

时，燕大王已经回到宝座，整理好羽毛冠，恢复王者威严的样子，示意一只老燕子去查看。

那只老燕子是燕群中最博学的燕子。他绕着蛋飞了几圈，落在蛋上观察。蛋看起来很大，但轻飘飘的，轻轻一推就滚动起来。老燕子向燕大王汇报道："依我之见，这可能是鹰鱼的蛋。他们是生蛋的，据说蛋非常大。"

"这不像蛋，像一颗蓝宝石。"有燕子说。

"这是调皮的小燕子在燕子蛋上涂了颜料。"

"哪有燕子蛋比燕子还大的？你这傻瓜。"燕子们开始吵起来。

"也许这是其他海鸟的蛋，想回来侵占我们的地盘。"

"他们要是飞回来，我们的哨兵不会发现吗？这也许是毛茸茸王国用蛋作伪装的炸弹！"

燕子们一听，飞得离蛋远远的。燕大王用充满威慑力的声音说："燕子长老是燕子家族里学识最渊博的长辈。他说这是鹰鱼的蛋，那就是鹰鱼的蛋！"

燕子们纷纷改变态度。

"对，这是鹰鱼的蛋。这可恶的霸王，也有落在我们手里的时候。"

"把它拿到海面上示威，看他们还敢不敢欺负海燕。"

"把它做成蛋羹吃掉。据说吃了鹰鱼的蛋，会变得和他们一样强大，嘴里长满尖利的牙齿。"

"长老，您怎么看？"燕大王问。

"当然是把它吃掉，然后把蛋壳拿到海上去示威。"燕子长老说，

"这不是老天爷给我们的恩赐吗？"

燕大王面露难色："这蛋虽然看起来很大，但是燕子们多，每只燕子恐怕只能吸一口。"

燕子长老察言观色地说："大王您得多吸几口才公平。"

燕大王立即向燕子们宣布了这个决定。燕子洞中响起欢呼声。正当燕大王挑选出喙最尖利的燕子准备啄蛋时，又一个更大的东西从燕子洞口滚落下来。那东西来势凶猛，哗啦哗啦地连带着许多碎石块一起滚落。燕子们又呼啦啦地上演一番逃窜大戏。尖叫声把更多石块震落。

真是不得安宁的夜晚呀！燕子们最终安定下来，发现躺在地上的是一只金黄色的猫。从那么高的洞口掉下来，又被石块撞击，那只猫已经晕过去了。燕子们趁这入侵者还没有醒来时，用藤条将他五花大绑起来。

不一会儿，一胖一瘦两只哨兵海燕飞到洞中，向燕大王报告紧急情况。原来他俩值班，在岛上巡逻时发现了金吉。金吉正在灌木丛中抱着一颗燕子蛋大快朵颐。他显然已经吃了很多蛋，肚子圆鼓鼓的，像充了气。两只海燕躲在岩石后，惊奇又害怕地看着这相貌威武，又长着尖牙利爪的外来者。

"我们得赶紧报告大王，岛上出现了一个偷蛋贼。"瘦海燕说。

胖海燕用翅膀拍了一下瘦海燕的头，低声训斥道："笨蛋，要是我们现在赶回去，这家伙溜走了的话，大王会说我们谎报军情。"

"那我们把他捉住，押送到大王那里去。"瘦海燕说着就要跳出岩石开始行动。

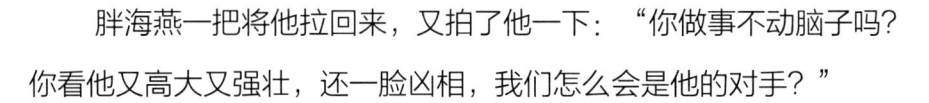

胖海燕一把将他拉回来，又拍了他一下："你做事不动脑子吗？你看他又高大又强壮，还一脸凶相，我们怎么会是他的对手？"

"要不你回去报告，我守在这里监视他？"

"不行，我们俩必须同时行动。否则大王根本不会相信我们的话。"胖海燕说着，张开翅膀准备拍打瘦海燕。

"不要老打我！粗鲁又自作聪明的家伙。"瘦海燕挡住胖海燕的翅膀，生气地说，"你有什么好办法吗？"

胖海燕想了想，凑到瘦海燕耳边嘀咕："我们最好这样做……"

瘦海燕听了连连点头："哇！要是我也有你这么聪明的脑袋瓜，那挨揍的就不是我了。"

于是，胖海燕跳到瘦海燕背上，微微张开翅膀，将尾巴高高地举在头顶上。瘦海燕驮着同伴一跳一跳地来到离金吉不远的地方，朝他怪叫了一声。

金吉抬起头，发现两只行为怪异的燕子正朝他做鬼脸。"嘿，你们好！你们在玩杂耍吗？"他话音刚落。胖海燕转过身，将尾部对准金吉。一股热烘烘的尿射在金吉脸上。他惊得跳起来，怒不可遏地追赶两只燕子。两只燕子立即拆散队形，一前一后地在前面低低地飞行，还阴阳怪气地叫个不停。

"站住！喵——两个小恶魔，竟敢侮辱你狮子猫金吉大爷！"金吉甩动着圆鼓鼓的肚子吃力地跳着，愤怒地喵叫着。没追多远，两只燕子跳进灌木丛不见了。金吉一直往前猛冲，没刹住脚，从灌木丛中落下去，在岩石上连续翻了许多跟头后，晕乎乎地一直滚到燕子洞底部。直到两只燕子汇报完情况后，他才迷迷糊糊地醒来，发现自己

已经成了俘虏。

"放开我！"金吉扭动着身子嚷道。没有谁回答。燕子们都好奇地看着他。

燕大王在受到两次惊吓，又听了两只哨兵燕子的汇报之后，生气地说："年轻燕子的事还没解决完，从上面掉下一个巨蛋，现在又来一个偷蛋贼，这一夜还让不让我睡觉？"他飞到金吉面前，质问道，"你是什么东西？从哪里来的？"

金吉回骂了一句难听的话。

"大王，我听他说自己叫狮子猫金吉。"胖海燕说。

"狮子猫？他还有没有同伙在船岛上？"

"应该没有。我们没看见船只靠岸。"瘦海燕说，"这猫的毛是干的，我想他是从天上掉下来的。"

胖海燕说："傻瓜，天上除了掉下鸟屎和雨，什么也不会掉下来。大王的意思是我们应该出去加强巡逻，看有没有狮子猫的同伙。"

两只哨兵燕子飞走了。燕大王又派了几十只燕子出去。"搜索全岛，把所有入侵者都抓到洞里来。"

燕子洞里的气氛一时变得紧张起来。金吉自顾自地咒骂着，时不时对燕子们发出不满的喵叫声，并展示自己的尖牙和利爪。燕子们盯着他，吵吵嚷嚷地议论不休。燕子长老一直冷眼旁观。他的目光在金吉和那颗巨蛋之间来来回回地移动着，然后在燕大王的耳边叽叽咕咕地说了一通。

"您真这么认为？"燕大王露出喜悦的神情。

燕子长老点点头。燕大王清清喉咙，高亢地叫了几声说："我忠诚又勇敢的家人们，安静，安静！我有好消息宣布！"燕群立即安静下来。大家齐刷刷地朝燕大王望去。

燕大王提高声音说："今天是海燕家族改变命运的一天。我们得到一颗神奇的巨蛋，又得到一只狮子猫，这些都是吉兆。大家都知道，我们的船岛越来越拥挤。我们需要更多的领地与食物养育后代。在离我们不远的毛茸茸王国，有长长的海岸线。那里悬崖与山洞众多，非常适合海燕们筑巢。我们曾和毛茸茸王国的国王多次谈判，希望他允许海燕在那里安家，可那小气的家伙不愿意，还说除非我们能拿出特别的礼物送给他，表达我们对他的忠诚和敬仰。可是我们船岛有的东西他们都有，拿什么去交换？现在我们的机会来了！那个国王最喜欢毛茸茸的东西。只要我们将这狮子猫烘干做成毛茸茸的猫玩偶，然后装进那颗被吃掉蛋液的蛋壳中，一起送给毛茸茸国王。当他打开蛋，就会看到我们给他的惊喜。他一定会接受这份特别的礼物，答应我们的请求。这样，大家就可以在新的领地安家，不会为争夺巢穴而大打出手了。"

"大王万岁！"所有燕子都欢呼起来。

只有金吉暗暗叫苦。这帮野蛮的鸟，竟然要把他烘干做成毛茸茸的玩偶！那他不成了一只死翘翘的烤猫了吗？

"现在，让我们的开蛋勇士打开蛋，大家一起享受美味吧！"燕大王说。

几只被选出来的燕子把喙磨得锋利无比，在蛋上选择了一个合适的位置，你一下，我一下地开始用力啄。那啄蛋的嗒嗒声可真好听呀。燕子们跟着这节奏跳起舞来，唱起欢快的歌：

嗒嗒嗒，嗒嗒嗒
伟大的王
带给我们好日子
万岁万岁万万岁
嗒嗒嗒，嗒嗒嗒

我们睡在鱼群里
鱼群的泡泡
孩子的摇篮
我们住在王的家
王是燕子的希望
鱼儿的噩梦

嗒嗒嗒，嗒嗒嗒
伟大的王
带给我们好日子
万岁万岁万万岁
嗒嗒嗒，嗒嗒嗒
……

然而燕子们只快乐了片刻，歌还没唱完，就被开蛋勇士们的尖叫声打断。他们看见那颗蛋竟自动滚动起来，像气球一样往空中飘去。

燕子们慌乱了。要是蛋飘出燕子洞,那快到嘴边的食物可就没了。所有燕子都朝蛋飞去,"嗒嗒嗒——嗒嗒嗒"地啄起来。蛋似乎有自己的主意。它在空中翻转,弹跳,躲避攻击它的燕子。它的蛋壳坚硬无比。那些燕子啄了好久,蛋壳也没有破碎。

金吉也被那颗奇怪的蛋吸引住了。他盯着蛋仔细瞧,只见蛋里有一个模糊的人形黑影,戴着尖帽子,正舞着一根棍子似的东西,操纵着蛋的行动。

燕子们终究没能抓住巨蛋。蛋飘出洞口不见了。燕子们一窝蜂地追出去,然后又一窝蜂地飞回来,向燕大王汇报:"蛋沉到海底去了。"

"不管那颗蛋了。这只毛茸茸的猫才是最珍贵的礼物。"燕大王说。他命令燕子们搜集柴火,架起木头烤架,用绳子吊起金吉,齐心协力地把他弄到了烤架上。

金吉动弹不得,又心烦意乱。他很后悔离开同伴单独行动,更后悔贪吃了最后的那颗蛋。他真希望这个时候娅娅和雨娃没有睡觉,正在找他啊!他绝望地闭上眼睛,看见自己变成了一个毛茸茸的猫玩偶,躺在毛茸茸国王豪华的床上。

第十四章

记不得了

"我的耳朵不是好好的吗?"

第十四章/记不得了

金吉走后,夜幕很快降临。娅娅和雨娃吃了一些从野火肚里拿出来的干粮,见金吉很久没回来,担心地说:"他会不会迷路了?"

"猫是夜间活动的能手,不会走丢的。"雨娃说,"他肯定是在享受美味,一时走不开。"

又等了一会儿,娅娅坚持要去找金吉。为了让野火安心休息,他们离开山洞时没有叫它。此时的岛安静得出奇,除了海浪和风声,什么声音也没有。他俩不敢高声呼唤金吉的名字,只能悄悄地寻找。他们寻遍了半座岛,没有发现金吉的踪迹。他们想去小岛的另一边搜索,却被一座陡峭的山崖挡住去路。他们在山脚发现一个很深的洞穴。洞穴不太宽,但足够他俩躬着身子走进去。

"这个洞也许通往另一边呢。我们走一走?"雨娃说。

"洞里好像有声音。"娅娅转动兔耳朵听。从洞里传来吵吵嚷嚷的海鸟叫声。那些声音听起来很尖厉,显得异常兴奋。

"他们会不会抓到了金吉?"雨娃担忧地说。

洞里有一条黑漆漆的狭窄通道。站在通道里,海鸟的叫声非常洪亮清晰。他俩摸着石壁在隧道里左转右拐,来到了燕子洞。成群的海燕正在搬运小树枝、枯叶、干苔藓和羽毛,扔在洞的中央,堆起一座小山。在柴堆的上面,架着一个木格子架。架子上躺着被捆成粽子似的狮子猫金吉。

"他们想把金吉烧死吗?"娅娅惊愕地问。

这时,燕大王一声令下:"点火!"

一群燕子将收集的羽毛塞在柴堆下,放置了一块黑色石头。接着,另一群燕子抬着同样的一块黑石头朝羽毛中的石头撞去。"啪——

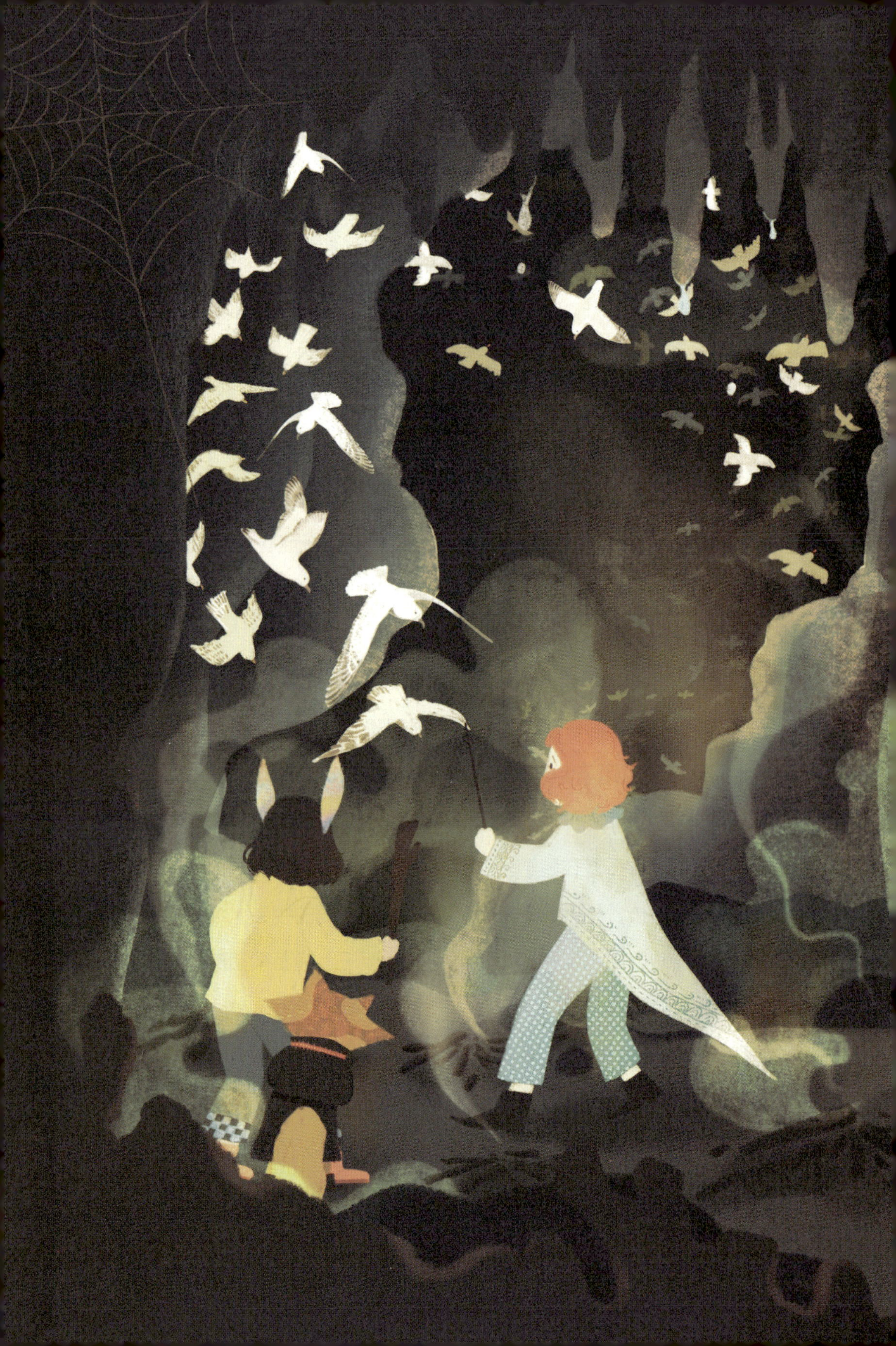

啪——啪——。"很快，两块石头间飞出火花，落在羽毛上，飘出一缕烟，然后蹿出一团小火苗。一股羽毛烧焦的味道弥漫山洞。燕子们用翅膀扇火，火烧起来了，更多的烟冒出来，从上方的洞口飘去。金吉在格子架上挣扎，发出凄厉的喵叫。娅娅毫不犹豫地冲进燕子洞，抓起树枝扑火。雨娃也变出竹笛法器，驱赶燕群。

"有同伙！"燕子们叫道。

"抓住他们！扔火上烤！"燕大王说。

燕子们聚集起来，在烟雾中蹿来蹿去，向娅娅与金吉发起攻击。他们的利嘴和爪子把娅娅的头发抓得凌乱。兔耳朵也不得不卷起来。她戴上帽子保护头部，挥舞树枝一边扑火，一边驱赶燕子。刚升起的火苗被扑灭了。她捂着口鼻，用脚踢开柴火，推倒烤架，救下金吉。

"你们总算来了！我就要被这群小混蛋变成烤肉了！"金吉惊魂未定地说。他一获得自由，就拔出腰刀，愤怒地喵叫着朝燕子们扑去。顷刻间，洞里飘满燕子的羽毛。燕子们被发狂的金吉吓得逃出燕子洞，连燕大王也不见了。

"快离开这里。"雨娃说。

他们本想沿着原来的通道出去，可海燕们似乎在通道外点了火。浓烟倒灌进隧道，逼着他们退回燕子洞。在尝试了所有的通道失败后，他们决定从上方狭小的洞口出去。洞口很高，没有可供攀爬的东西。更让人绝望的是，洞口上方也扔下来许多带着小火苗的树枝。树枝落在洞里的柴堆上，重新点燃柴火。

"完蛋了！我们都会变成烤肉。"金吉大叫道，"喵——我的尾巴！"他的尾巴着火了。娅娅不停地踩猫尾巴，扑灭了火。金吉痛

得喵喵叫。

"雨娃，怎么办？"娅娅问道，声音因为害怕而发颤。

"我来搭梯子。"雨娃挥舞竹笛，对着那堆柴火念起咒语，只见树枝纷纷飞起来，组成一架歪歪扭扭的长梯，搭在燕子洞口。"快爬上去！"他催促道。

金吉率先跳上去，娅娅紧随其后。木梯很不牢固，摇摇晃晃的。有的地方还缺少供踩踏的横条。金吉轻而易举地爬上去了，但娅娅却爬得一身冷汗。

燕子们的攻势更猛了。他们像蜂群一样在洞口聚集，形成一堵可移动的黑墙。让金吉和娅娅无法看清上面的洞口，寸步难行。雨娃在娅娅的后面，尝试着默念变形咒语，把堵住洞口的燕子变成树枝。一道道白光从竹笛飞出，直击燕子。他的变形咒语并不成功，许多燕子没有完全变化，只是某只翅膀，某条腿或尾巴变成了树枝。但即使是这样，燕子们也无法飞行，纷纷坠下去。

金吉在乌云般的燕群中找到一个出口，跳出了洞，继续施展让燕子们胆战心惊的猫的威风。海燕们发出愤怒的叫声，都转向围攻金吉。雨娃和娅娅趁机从洞口爬出去。雨娃继续念着变形咒语，为金吉解围。但一束白光打偏了，击中金吉。金吉一下子消失了，只剩下一个猫头在那里蹦跶。猫头后面还拖着一根树枝尾巴，看起来十分怪异。燕子们涌上去，把金吉淹没了。

"金吉！"娅娅惊愕地叫道。她跑过去赶走燕子，抱起猫头奔跑。燕子们朝她发起新的攻击。她的帽子滑下来，衣服和裤子上出现许多破洞，搭着一片片布条。突然，娅娅身上发出"汪汪汪"的叫声。海

燕们从来没有听过狗叫，吓得停止了攻击，离她远远的。

是那条在百花镇买的花腰带！娅娅把羊角取下，解下花腰带，将腰带拍打一通，扔向海燕们。愤怒又高亢的狗吠声把海燕们吓得飞走了。这时野火出现在他们面前。它发出响亮的哞哞声，势不可当地朝燕子们追去。

"别管他们，野火，带我们走！"雨娃叫道。

野火载着他们仨往海边奔跑，跃入大海中。海燕们对大海有些许畏惧，无奈地在空中盘旋着，尖叫着，不再追逐。突然间，几道黑烟飞进燕群，将他们裹了进去。顷刻间，黑烟散去，燕群像受到某种召唤，发出紧迫的尖叫，朝大海中的野火俯冲。

娅娅紧紧地抱住怀中的猫头，俯下身子趴在牛背上。燕子们包围了娅娅，拉扯着她。挂着铜铃与花袋的绳子勒住她的脖子，让她喘不过气。她只好放掉金吉，摸到铜铃，用羊角割断绳子。一片混乱中，鸟儿们啄破花袋。花瓣洒落在海面上，被海浪卷走了。

"我的花！"娅娅叫着。

密密麻麻的燕子尖声叫着，把娅娅托到空中，朝船岛移去。从燕群中脱身的雨娃拖住娅娅的腿，用力一拉，坠入海中。野火张开大嘴，将他们和在海面上大喊救命的金吉一起吞掉，潜入深海。

他们仨湿漉漉地爬上野火肚中的青草地。那盏挂在吊床边的灯亮起来。雨娃把桑叶变成干毛巾递给娅娅和金吉，生起一堆篝火，烘烤大家湿透的身子，又用竹笛把娅娅被燕子啄得破破烂烂的衣裤修补好。金吉湿漉漉地立在火边，把雨娃给他的毛巾扔在一旁，愣愣地看着火

苗。这可怜的猫头，现在只能拖着一条树枝状的尾巴像气球一样蹦跳行走，让他既羞愧又恼怒。

"把我变回去，你这蹩脚的瓷人！"他朝雨娃嚷道，"你把我变成一只狮子，我无话可说。但把我变成这模样，叫我怎么活下去？"他越说越生气，蹦起来朝雨娃身上撞去。雨娃不得不抓住他的树枝尾巴让他停下来。

金吉歇斯底里地叫道："放开我，硬骨头破泥巴！"

雨娃放开他："对不起，金吉。我不是故意的。我本来是要帮你解围，没想到击中了你。但若不是因为要去救你，又怎么会有这些事？"

"我只是多吃了几个鸟蛋而已。"金吉辩解道，"都怪那两个小混蛋使诈，要不我才不会上当掉进燕子洞呢。他们得了一个大蛋，想敲开吃掉，然后把我烘干做成猫玩偶，放进那个蛋壳，当成礼物送给什么毛毛的国王。那个蛋飞走了，他们就只能烤我。那群没脑子的鸟，那样烤不是要把我变成烤猫吗？我好不容易脱离苦海，又被你变成这样，我还不如回去做那个猫玩偶，至少还有国王爱我！现在我这模样谁会喜欢我？我还没成家呢。"

娅娅把金吉捉住，放在膝上，用毛巾为他擦拭毛发："金吉，你知道雨娃不是故意的。他是在帮你。"

"帮倒忙的家伙。"金吉嚷道。他没有离开娅娅的膝盖，似乎很享受娅娅的服务，"他既然能把我变成这不猫不狗的模样，那就有本事把我变回去。"

"我说过我不擅长为有生命的东西变形。"雨娃没有把握地说。

"还有比这更糟的吗？反正我现在连狮子猫的半点威风也没有

了,还当什么猫武士呢?"

"你就试试吧。"娅娅对雨娃说。

"好吧。但无论出现什么样的结果,你们可不能怪我啊。"雨娃无可奈何地说。他闭上眼睛想咒语和施法的方法。他想了好一会儿,才将竹笛指着金吉,默念咒语。竹笛发出白光,朝金吉飞去。金吉从娅娅的膝上滚落在地。

"哦,天啦!"娅娅看着地上的金吉,忍不住叫起来。

金吉转过脑袋打量自己,差点没蹦到天上去。"这么多尾巴!"他叫起来,"一、二、三、四……八、九,九条尾巴!你这烂魔法,还不如扔进臭粪坑!"

"我说了我不行的,很抱歉啊。"雨娃红着脸说。

娅娅却笑起来:"金吉,你看起来像传说中的九尾狐,一只可爱的吉兽呢。"

"娅娅小姐,您要是取笑我,我可要翻脸了!"金吉气恼地说。他嫌弃地瞪了雨娃一眼又问道,"你们巫师不是鬼主意多吗?你既然无法让我恢复原形,那就推荐一个高人给我。"

"恐怕只有白面巫师吧。"

"能不能推荐一个对我好一点的?他会把我交给麻辣兔做猫肉汤。"

"也许海浮岛的小仙人叮当可以。爸爸说他能让娅娅找回耳朵,也许也能把你变回原来的样子。"

"这简直就是废话。我们本来就要去海浮岛的。"金吉跳到火边,梳洗自己的新尾巴去了。

"去海浮岛找我的耳朵？为什么？"娅娅说，"我的耳朵不是好好的吗？"她的兔耳朵抖了抖，像两条彩带在舞动。

金吉停止梳洗，雨娃睁大眼睛盯着娅娅，异口同声地问："你说什么？"

"我说我们为什么要去找耳朵。我已经有耳朵了。"娅娅重复道。

"这兔耳朵不是您的。您原来的耳朵是人耳朵。"金吉说，"我们去海浮岛就是帮助您找回人耳朵，并送您回原来的世界。"

"原来的世界？"娅娅一脸迷惑。

"您忘记了？您的家在龙人的世界，那里有您的父母和奶奶。"雨娃关切地望着娅娅的眼睛，一声不吭。

"谁告诉你的？我一直是一个人呀。"娅娅说。

"雨娃，娅娅肯定呛了水得了健忘症。她竟然不记得以前的事了。"金吉说。

"你是不是把金灯花弄丢了？"雨娃说，"你们俩对我说过，爸爸让娅娅把花儿随身携带，不得丢失，否则会遗忘过去的事。"

"我竟忘了这个。"金吉蹦到娅娅的肩膀上，掀开她的头发，脖子上什么也没有。"完了，完了！"金吉叫起来，"您这爱丢东西的败家子。上一次丢了给胡羊大叔的信，现在又是金灯花。您会忘记所有的事。您回不去了，您就要死了！"

"说什么傻话？我才不要死，我还没长大呢。"娅娅不悦地说，"我当然记得脖子上有一个袋子，里面装着花。袋子在海燕们攻击我的时候被啄破了，花儿掉海里了。"

"那个铜铃呢？"

第十四章／记不得了

"在这里。"娅娅把兜里的铜铃给他们看,又问,"我为什么会有那些花?它很重要吗?铜铃有什么用?"

"花是您在你们村里的梅伯伯家摘的。"金吉帮她回忆,"您摘了他家的花,又喝了他家的水,然后变成兔子,逃到百花镇,把花也一起带来了。您还记得胡羊大叔吗?他说没有金灯花,您会遗忘过去的一切。一个没有记忆的生物在百花镇会很快死去。您现在就开始遗忘一些事了。哦——可怜的娅娅小姐,您要是小小年纪就死了,我的骨头都会伤心得碎掉的。"说着说着,金吉竟大哭起来。他用尾巴擦眼泪,一口气打湿了好几条。

"你哭什么呀?我不会死的。"娅娅跺着脚,生气地说,"你说我变成兔子?在开玩笑吧?我是个人,只是有一对兔耳朵而已。"

雨娃冷静地说:"金吉,你不要火上浇油。娅娅还能记得一些事,说明金灯花在海中并没有受到太多的破坏。但花儿在海水中会加速腐烂,娅娅也会很快失去全部的记忆而死去。我们得尽快去海浮岛请小仙人帮忙,找回她的人耳朵,并听到铜铃的歌声回家。"

"你们总说我要死了,还要找什么人耳朵,听铜铃的歌声,是想把我送走吗?"娅娅说,"我哪里也不去。我想回百花镇,我记得那里有很多漂亮的花。"

"您不能回百花镇,白面巫师会抓住您。"金吉说。

"他为什么要抓我?"娅娅问。这时,她的脑海里突然闪过一位老人打着手电筒击打墙上影子的画面。"他是谁?"她问了一句。

"你说什么?"雨娃警觉地问。

娅娅的脑子变得混乱起来。"没什么。我困了,我想睡觉。"

她爬上吊床。

金吉蹦到吊床上,激动地说:"您不能睡,要是您醒不来怎么办?"他想用爪子拉娅娅起来,才发现自己没有四肢。他用毛茸茸的九条尾巴扫她的脸。娅娅气恼地抓起猫尾巴,把他扔出吊床。

"金吉,别闹了。"雨娃说,"现在外面已经是深夜。娅娅刚从燕子们的追捕中逃出来,需要休息。也许睡一觉对她的记忆有好处。你不也应该睡觉了吗?"

"发生这么多事,我可睡不着。"

"那我陪你说说话吧。"雨娃坐在篝火边,把火拨旺一点说。

"雨娃,如果娅娅正在遗忘过去的事,会不会很快就记不得我们是谁了?"

第十五章

旋涡之下

"那里,太阳正在从海平面上升起,把海浪染成金色。"

雨娃望着天空，沉默了好一会才说："没有谁能永远记得谁。不过也不要那么悲观啦。我们趁她还记得我们，就好好珍惜眼前的时光，别老说丧气话吓唬她。"

"我没吓唬她。你爸爸特别叮嘱过，让她千万别弄丢金灯花，这关系到她的性命。"金吉叹了一口气，"她本来就不该来这里的，都是那个没皮没毛的影子巫师做的好事。娅娅必须活着回去。虽然她回去后还是一个聋子，但只有活下去，才有被治愈的希望。"

"是啊，只有好好活下去，一切才有希望。"

"她是一个好女孩。若不是来自龙人世界，我倒希望她能留在百花镇。至少她能像正常人一样听见声音。她可以住月亮坡。我们一起搭新的树屋、捕鱼、晒鱼干、种花。她一定会喜欢那样的生活的。等到时机成熟的时候，我们一起去山南，打败那只恶狗，把猫公主救出来，然后我们仨在月亮坡永远幸福地生活下去。"

"猫公主？她是谁？"雨娃好奇地问。

"我喜欢的一只白猫。"金吉害羞地说，"但她被一只恶狗看守着，我必须打败那只恶狗，才能救她出来。不过我没有足够的勇气去挑战那只狗。我跟随娅娅，不仅仅是因为她帮助过我，更因为她是一个有力量有勇气的人。等她找回人耳朵，我一定要好好摸一摸它们。据说那样做的话会获得巨大的勇气呢。"

雨娃不禁笑起来："看来你把勇气都寄托在娅娅的人耳朵上了。"

"可不是嘛。"金吉也笑起来，"你不知道，那个猫公主像仙子一样美！她是我在山间小溪边喝水时遇到的。她白得像雪，也在安静地喝水。我们互相望着对方，望了有一万年那么长的时间，然后她

跳进草丛不见了。我游过那条差点淹死我的小溪去追她，却被一条不知道从哪里冒出来的恶狗挡住去路。那条狗像强盗一样蛮横，说如果我这癞蛤蟆想吃天鹅肉，就到山南的石头城与他决斗。

"我接受了挑战，但我总是走到半路又折回来。我觉得我并没有准备好，要是那条狗是骗我的呢？要是猫公主不喜欢我呢？要是我打败了，那可真丢脸呀！而且只要我出门，我总会惦记我的树屋、鱼干和花田。要是我不在的话，那些田鼠一定会睡到我的床上去。那让我无法忍受，于是我就一直拖呀拖，直到现在也没有去。我想要是哪一天，我成了真正的猫武士，就会去救她吧。"

"你还是别去了。"娅娅的声音从金吉背后传来，把他和雨娃吓了一跳。她一直没有睡着，对金吉的故事很感兴趣。她把金吉抱起来，坐在草地上说："对不起啊，金吉。刚才把你扔出去，把尾巴弄疼了吧？"

"啊，我已经习惯了被你们抓尾巴。现在有九条尾巴，随便抓哪一条。"

娅娅笑起来："想不到你还是一只重感情的猫呢。不过你肯定忘记了，在山娘那里，那只变成猪的猫咪救了我们。你说过要去找她，当面谢谢她的。她是一只勇敢善良的猫。我觉得她比你那远在天边的猫公主更适合和你一起生活。"

"你还记得这个？我当然记得。只是她不一定会喜欢我。"金吉想了一下，又说，"我其实挺喜欢她的，但我害怕她拒绝我。"

"你就不害怕被猫公主拒绝？"雨娃说，"其实你已经是勇敢的猫武士了。在麻辣兔的大炖锅那里，你把他们打得嗷嗷叫呢。"

"那是娅娅把我扔过去的。我必须战斗。"

娅娅捂着嘴笑:"那就是一种勇敢啊。如果你是胆小鬼,我把你扔出去后,你会逃跑,而不是去战斗。"

"你们不会明白的啦。为朋友而战,和去表达爱意是完全不同的。"

"你不是说摸摸人耳朵就能获得勇气吗?我想通了,我愿意和你们一起去寻找人耳朵,让你实现变成勇士的心愿。"

"真的吗?"金吉激动地在娅娅的膝盖上蹦了一下。

"当然。你是我的好朋友。不过你们得给我说说金灯花的事。"

娅娅正在遗忘一些事,特别是她来百花镇以前的事。记忆像断流的河,有的地方变成了荒漠,没有生机,一片空白,让娅娅无法将过去与现在串起来,形成对一件事的整体印象与认知。在金吉和雨娃的帮助下,她总算明白了自己的处境和铜铃对她的重要性。雨娃为娅娅变出新绳子,把铜铃系在娅娅脖子上。

"你们多说一些关于我爸妈的事吧。"娅娅说。

金吉和雨娃根据娅娅以前给他们说的转述给她听。她认真听完后说:"我好像有一些印象了。我爸是一位很厉害的石匠,对吧?"

"是的。您说您非常喜欢听他采石头喊的号子。"金吉说。

娅娅努力搜索那些号子。在记忆里,她确实找到了一种雄浑有力的歌,是一个男人唱的,歌声很奇特:"我不知道我记得的是不是采石号子。"

"您唱来听听,我们帮您记着。"

娅娅唱起来:"哟嚯嘿哟嘿——,幺妹哟——,玩家家喂——。

长大哟——,一呀一枝花也——"

"真是不一样的歌!它让我的心里充满力量。"金吉说。

"这一定是你爸爸唱的歌,歌词里有你呢。"雨娃说。

"我们能到外面去唱吗?记得爸爸说,喊号子一定要在空旷的地方,那样更好听。"

他们爬出牛嘴,坐在野火背上。金吉则蹲在野火的牛角上。娅娅和雨娃把脚浸入微凉的海水,让浪花从脚上轻轻流过。夜晚的花海上,弯月高挂,繁星点点。海风轻轻地吹着,让娅娅想起一个熟悉的场景:院子里,她躺在凉席上乘凉,星月与银河就在头顶。她寻找能眨眼的星星,一颗,两颗……她的耳边有电风扇呼呼吹的声响,有几个大人在轻声说话。那是我的家人吧?娅娅想。她的心里涌起一股冲动,想看看那几个人的模样,但记忆只维持了片刻,那个场景消失了。

"娅娅,唱吧,我们在听呢。"雨娃对她说。

"我要和娅娅一起唱,学一学这雄赳赳气昂昂的歌。"金吉说。

"那我用笛子为你们伴奏吧。"

娅娅领头唱起来:"哟嗬嘿哟嘿——,幺妹哟——,玩家家喂——。长大哟——,一呀一枝花也——"她唱着唱着,又想起了其他号子的片段,把它们融合在一起,"九月里来,西风吹吹,稻花香耶,响铜铃呀。嘿——呀!幺妹儿走得快哟,哟——嗬,伊嗨喂——,妖怪都走开也……"

娅娅唱一句,金吉也跟着唱一句。雨娃在竹笛上施了魔法,让它奏出相协调的节奏,或铿锵有力,或欢快活跃,或柔和婉转。他们在这美妙的夜空下,沉浸在那号子里,一直到深夜。

唱完了歌，他们仨静静地仰望星空，谁也不说话。号子声在他们心里回荡，激起许多对生活的遐想。最后，娅娅打破沉默，说："你们说要是我没有回家，我的家人会怎么样呢？"

"伤心欲绝。"金吉说。

"失去亲人的痛苦是不能用言语能表达的。"雨娃说。

"万一他们认为我回不回家都无所谓呢？我可从来没听他们说过爱我。"

"他们不说并不表示不爱，爱一直在那里，只是表现出来的样子不同，我们不容易辨认。"雨娃说，"这些年，我在巫师阁对爸爸从来不来看我这件事抱怨了很久，但我现在知道他是爱我的，从来没有放弃我。他隐忍一切，只是希望我好好活着。"

"雨娃，你快变成哲学家了。我可说不出那样的大道理。"金吉说，"但我知道我在月亮坡的家很爱我。虽然它从来不说话，但我每次回到家，它都会在那里等我，给我带来欢乐与安稳的感觉。"

那天晚上，他们聊到很晚才睡。

睡梦中，娅娅梦见了自己的生日。桌上摆着十几个大蛋糕。蛋糕上装饰着五颜六色的面条，面条上面挤满奶油，看起来非常诱人。她迫不及待地伸手抓奶油面条吃。突然，整个房间摇晃起来，所有的蛋糕和奶油面条满屋子飞舞。她和金吉都在抓面条，拯救蛋糕。然而房间又一下子翻了过来。紧接着，桌子也跟着翻过来。蛋糕和面条像雨一样落下，挂在娅娅和金吉的身上……

她从梦中醒来，发现自己裹在吊床里，翻了过去。金吉缩在她

卫衣的帽子里，喵喵地叫着。雨娃不见了。牛肚里的天空、桑树与草地都倒了过来。娅娅紧紧抓住吊床，害怕自己掉到脚下的天空里去。但她发现那些篝火的灰烬仍然牢牢地附在草地上，并没有掉下去，这让她安心不少。

"金吉，发生了什么事？"她大声喊道。

"不知道。"金吉在帽子里瓮瓮回答，"雨娃到外面去看了。"

"坚持一下！"雨娃的声音从牛肚外传来，"我们掉进旋涡了！"

很快，牛肚里的景致恢复到原来的方位，然而片刻工夫，所有的东西又倒过来，开始旋转。在经历了反反复复的颠倒和旋转之后，牛肚里的世界终于安静下来，恢复了原来的模样。娅娅和金吉离开吊床，从牛嘴爬出去，来到一片洁净的沙滩上。雨娃正出神地凝望着大海。那里，太阳正在从海平面上升起，把海浪染成金色。

"这是哪里？"娅娅问。

"花海的下面，海浮岛。"雨娃说。

"下面？"

"这是一个倒置的世界。一个旋涡把我们从海面带到了这里。我们从上面看到的大海，和我们从这里看到的大海是一样的。这真的很奇妙！海浮岛隐藏的技巧比美瓷居高超多了。"

"我一点也不喜欢这种创意。它差点让我的眼睛跑到尾巴上。"金吉在娅娅的帽子里说，"这里的空气也不新鲜，湿漉漉的，还有一股烂木头的味道。"

但回到家的野火很开心。它像发现宝藏的孩子一样，兴奋地在沙滩上闻来闻去，时不时用蹄子刨沙子，朝沙洞里喷着鼻息。

海浮岛比船岛大多了。岛上森林密布，群山环绕，叽喳不停的鸟鸣与动物们的叫声让林间充满生机。野火玩够了，领着他们离开沙滩，朝岛中的群山挺进。没走多远，小径上出现一堆淡蓝色的碎蛋壳。

"燕子洞里的那颗蛋！"金吉叫起来，"它飞到这里来了？"

"你确定？"雨娃拾起一块蛋壳，用了很大的劲才把它捏碎。

"蓝色的巨蛋，不会错的。"金吉肯定地说，"当时这蛋像气球一样飞走的时候，我看见蛋里面有一个戴尖帽子的影子。他拿着棍子一样的东西在控制蛋的飞行。"

"影子？"

"天啦！我怎么没想到呢？会不会是白面巫师跟来了？"

"跟来了又怎样？"娅娅问。

"你又忘记了？我们昨晚才说过的。"金吉说，"他要拿走你的铜铃和野火的牛毛。"

"娅娅，无论何时，你一定要记住，不能让白面巫师抓住你。没有铜铃，即使你找回耳朵也无法回家。"雨娃扔掉蛋壳说，"巫师很可能已经跟来了。因为那些燕子在海上抓住你，想把你带走的时候，我看见了奇怪的黑烟，是那些黑烟让燕子们冒险飞到海上的。而巫师的毛笔巫杖在施法的时候会喷出黑烟。"

"他为什么要躲在蛋里？"金吉问。

"你们看这蛋的颜色，和海水的颜色差不多。如果把它放在海中，没有人会察觉。"雨娃沉思着说，"不过更重要的原因是，他害怕海风。海风比陆地上的风更凛冽，具有腐蚀性，即使他穿着兔毛披风，也容易受到伤害。"

这时野火发出亢奋的"哞哞"声。它小跑起来。娅娅和雨娃也跟着跑。

"它是不是发现白面巫师了？"金吉问。

"不，它可能找到小仙人了。"雨娃回答。

野火在一片蘑菇林中停下来。这些蘑菇长得像小树一般高大，形态各异，色彩缤纷，令人惊艳。野火一头钻进蘑菇林，不停地嗅闻着，发出欢快的叫声。他在一株翠绿色的蘑菇前停下。蘑菇的伞盖上，坐着一个白色小仙人。他的头像圆乎乎的蛋，和一个柚子差不多大。他没有身子，四肢从头上直接长出来。头顶上长着一株小蘑菇与几根青草。

野火哞哞地叫着，张开嘴，一口把小仙人和蘑菇吞下去，又吐出来。小仙人很开心，发出银铃般的笑声。他爬到野火的耳朵边，对着野火说了许多话。野火发出高低不同的哞哞声回应着。

娅娅和同伴们一点也听不懂他们在说什么，只能礼貌地站在一边看着他俩。

野火和小仙人一直交谈着。谈话间，小仙人时不时打量一下野火的同伴们。过了好久，他俩终于说完了。小仙人带着笑成花的脸转向客人们说："欢迎你们来到海浮岛！野火都给我说了你们的情况，所以我们这就算认识了。我叫叮当，是岛上蘑菇的照料者。现在我带你们去参观我的华丽丽别墅吧。"

叮当站在野火的牛角上，说："都上来吧！"

大家骑到牛背上，往蘑菇林深处走。叮当热情地向客人们介绍每一种蘑菇的脾气和故事，还邀请大家到蘑菇的伞盖上坐坐，或者摇

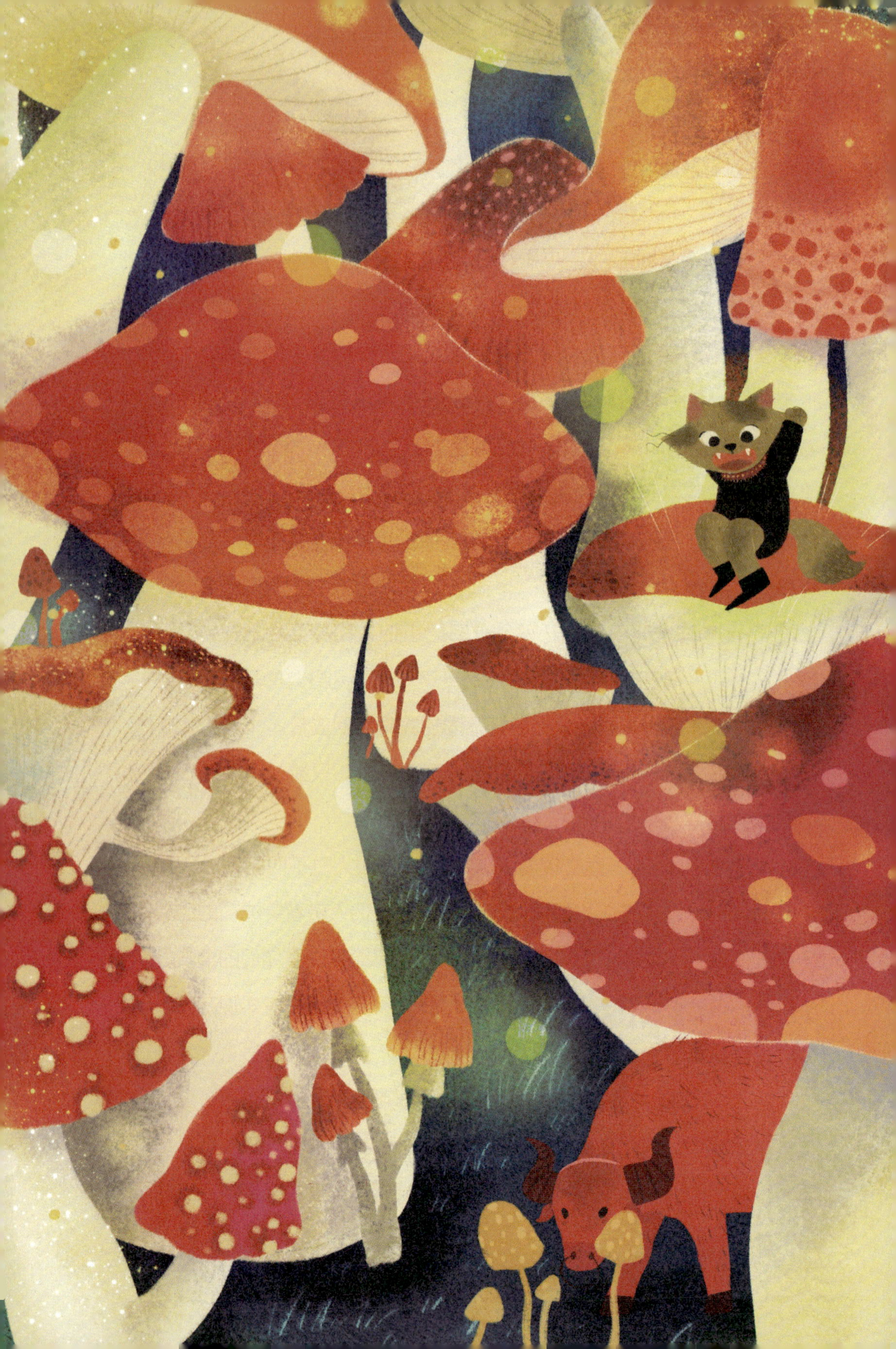

一摇伞柄，让它们发出各种声音。当然，除了金吉可以像小仙人那样在蘑菇间蹦来蹦去，娅娅和雨娃只能用言语表达赞赏。

他们穿过小河、山谷和密林，来到由几朵彩色蘑菇"长"成的别墅前。那些蘑菇是活的。别墅会随着蘑菇长大而长大。别墅前有一座种满花朵和蘑菇的花园。花园里有戏水池，沙坑，一座挂在蘑菇上的秋千，和爬满藤蔓的蘑菇滑梯，俨然一个游乐园。

"只有小仙人才能建造出这么美丽有趣的房子吧。"娅娅说。

"应该是只有小仙人才能种出这样的房子。"小仙人得意地说，"这里吃的玩的喝的，什么都有。你在这里永远不会觉得无聊。"

金吉哼了一声，在娅娅的耳边低语："华丽丽的东西往往中看不中用。还是我那月亮坡的树屋好啊！我在上面可以眺望很远的地方。"

他们从一扇圆形大门走进蘑菇房。一楼是宽敞的客厅与厨房。角落一侧有一朵可以自动上升的蘑菇楼梯。客人只要站在蘑菇上，蘑菇就会缓缓上升，把他们送到楼上去。

楼上的房间更宽敞。那里有各种稀奇古怪又好玩的东西。可以跑起来的木马啦，可以自动上上下下的跷跷板啦，可以像摇篮一样摇来摇去的沙发啦，可以嚼着吃的餐具啦。小仙人一件一件地把这些有趣的东西，不厌其烦地介绍给客人听，并热情地邀请他们体验一番。

野火找个安静的角落睡觉去了。刚开始时，娅娅、雨娃和金吉拗不过小仙人的邀约，只得陪他玩耍。玩着玩着，大家都忘记了时间的流逝，也忘记了要干什么。金吉和小仙人玩得最尽兴，成了亲密的好朋友。

到下午茶时，他们都玩累了。在吃了许多坚果、点心和小吃，

喝了许多饮料后，小仙人在一个能四处游走的弹跳球上躺着，悠哉悠哉地哼着小调。金吉蜷在摇来摇去的沙发上打盹儿。娅娅和雨娃玩得脸蛋发红。他俩坐在扶手椅上。雨娃正在思考着什么。娅娅则打量着墙上的一幅画。画上，是一只山羊和小仙人在海边的背影。他俩正肩并肩地坐在一起看日落。

第十六章

蘑菇汤

> "它来自于大地,它的歌是那片土地的乡间。"

不久，野火醒了。他看看大家，又看看外面的天，一下子跳起来，跑到小仙人的身边哞哞叫着。

小仙人停止哼歌，笑着说："急什么？还没玩够呢。"

这时，雨娃突然站起来说："叮当，谢谢您周到的款待！我一直想问您，野火既然把我们来这里的事向您说了。您应该知道娅娅和金吉需要您的帮助，可您为什么不立即施展魔法让他们如愿以偿呢？"

"知道，知道。"小仙人从弹跳球上跳下来，轻松地说，"野火什么都说了。不就是让金吉变回原来的狮子猫模样，让娅娅找回人耳朵，听到铜铃的歌声回家嘛。金吉的事最好办，只需要一点能修正魔法的蘑菇汤就可以了。至于娅娅嘛，因为她是龙孩，所以——"

他的话还没有说完，就被从沙发上蹦下来的金吉打断："喝点蘑菇汤就能让我恢复原形？"

"当然。我们现在就可以熬蘑菇汤。"

"我来帮你。"娅娅说。她对雨娃不断提起的找回人耳朵回龙人世界的事抱着怀疑的态度。若不是为了让金吉多一些勇气，她可一点也不想找人耳朵。自己的兔耳朵很美丽，能听见许多令人惊奇的声音，有什么不好的呢？

她正在遗忘龙人世界的往事以及部分在百花镇的经历。有时是一个场景，有时是一段经历，有时是某句话。记忆的缺失似乎在脑海里留下许多空洞，常常让她陷入混乱与迷茫的状态。所以，她只能顺着当下的感觉去做决定。既然小仙人能让金吉变回正常的猫，她应该去帮这位朋友。她已经记不得她和金吉认识多久了，但她很喜欢他。

"应该先解决娅娅的事，叮当。"雨娃说，"她丢失了保持记

忆的金灯花，正在加速遗忘。如果她不能及时回到龙人世界，她会立即死去。"

"死不了的。"小仙人心不在焉地说，"我有许多不让她死的蘑菇。"

"我不想去龙人世界。"娅娅说。

"你必须回去，娅娅。你不属于这里。"雨娃变得严厉起来。

野火亲昵地用舌头舔小仙人的脸，对他说话。

"叮当，先让娅娅的人耳朵回来吧。等把她送回了家，再弄我的蘑菇汤不迟。"金吉说。

"我们最好快点。"雨娃补充道，"我想野火应该对您说过，白面巫师已经来到海浮岛了吧？"

"哦，当然。野火什么都对我说。不过这是我的地盘，一个外来的影子巫师能掀起什么风浪？"小仙人摸摸野火的牛角，想了想说，"因为娅娅是龙孩，在这个世界本是无法长久存活的。即使使用常规的蘑菇汤让人耳朵回来，那人耳朵也是原来的失聪状态，听不见铜铃的歌声。所以我得为她熬制特别的蘑菇汤，使用特别的咒语。这种汤需要的蘑菇很特别，熬制的时间也很长。要不这样吧，把她和金吉的蘑菇汤同时熬。这样谁也不耽误谁了。"

在小仙人的安排下，大家出去采摘需要的蘑菇。

小仙人一边找蘑菇一边唱着歌。有时在蘑菇上和金吉蹦跶嬉戏，有时在蘑菇间荡秋千，滑滑梯，有时和遇到的小动物聊天。这样边找边玩地一直到天黑才把蘑菇采好。回去的时候，小仙人又提议到山上看月亮和星星，吹一吹甜美的夜风。在野火的规劝下，他才不悦地打

消念头，乖乖回家熬蘑菇汤。

"我看出来了，小仙人并不想真的帮助我们。"在回去的路上，雨娃压低声音对金吉说，"他一直在拖延时间熬蘑菇汤，为什么？"

"他很想玩。"金吉说，"他一个人孤零零地生活在这里，连个玩伴都没有。我们来了，他自然就玩得嗨了，忘记干正事。他还对我说要是天天能这样玩该多好呀。"

在小仙人的厨房里，大家按他的吩咐把不同蘑菇仔细称重、清洗，分别放在两口小锅里慢慢熬煮，然后又一起准备晚餐。晚餐后又是水果和点心时间，等他们全部吃完，说说笑笑地把餐桌收拾干净时，夜已经很深了。

雨娃不停地去看那两口锅里的汤，不停地问小仙人："汤好了吗？"

小仙人总是这样回答："还早着呢。"这让雨娃非常生气，但又不好表现出来。

等到午夜的时候，小仙人终于宣布金吉的蘑菇汤要熬好了。他拔了一点金吉的毛，扔进锅里，一边搅拌一边叽里咕噜地念咒语，然后把汤盛在碗里。汤很烫，娅娅还未来得及把汤完全吹凉，金吉就抢过碗，一口气把汤喝下，差点呛着自己。

刚喝完汤，只听"嘭"的一声，金吉不见了。他站立的地方升起一团蘑菇云，里面飘着一些猫毛。

"金吉！"娅娅叫起来。

大家都慌张地趴在地上寻找金吉。

"我在这里。"窗台上，金吉穿着原来的武士服，恢复了狮子

第十六章／蘑菇汤

猫的样子。

"叮当，你真是太伟大了！我回来了！"他兴奋地跳下窗台，把小仙人狠狠地抱了一下，并郑重宣布要做小仙人永远的守护者。

"真是虚惊一场。"雨娃松了一口气，"我以为你变成空气了。"

大家都笑起来。

"金吉，如果你要回报我的话，就留在海浮岛陪我和野火吧。"小仙人说，"我们可以从早上玩到深夜，吃遍岛上所有的美味，发明更多好玩的游戏。"

"我也很想每天能在这里睡大觉，还有吃有玩的，可是我得回月亮坡呀。"金吉说，"虽然那里很简陋，但那是我最喜欢的家。"

小仙人又问雨娃："如果我把娅娅送回龙人世界，你会留下来吗？"

"很抱歉，叮当。"雨娃说，"我得回家照顾我爸爸。他老了，他需要我。"

小仙人的身体不自然地抖了一下。他望了望墙上那幅画，眼泪流下来。

野火走过去，把他的眼泪舔走了。

"你们和他一样，都不喜欢这里。"小仙人说。突然，毫无征兆地，他哇的一声嚎啕大哭。大家都慌了，不管怎么劝都无法让他停止哭泣。他哭了好久才停下来，陷入一种恍惚的状态。他望着那幅画喃喃地说，"那时他游历四海，不小心踩着我的旋涡来到海浮岛。他说他喜欢我的家，喜欢陪我和野火聊天玩耍。我们一起做各种好吃的东西，一起登山采蘑菇，一起看星星和月亮，一起划船看日出日落。

他教我种出好蘑菇，做精美的瓷器。我教他如何隐藏自己的住所，研习高级魔法。他说他会一直陪我，但有一天他又改口说必须回百花镇了，那里需要他。我用了各种方式阻拦他，可他还是离开了，还把野火带走了。"

野火用鼻子轻轻触碰他的脸，哼哼地叫了几声。

"我才不相信你是自愿跟他去的。海浮岛这么好玩，你怎么会想着出去看看外面的世界？是那只山羊把你骗走的！"小仙人赌气地说，"你和他走了以后，就再也没有音讯。我太孤单了，太痛苦了，连太阳也没法安慰我。我砸碎了所有和他一起做的瓷器，扔进大海。我想去找你们，但我不能离开海浮岛，只要我一离开，它就会消失，连同那些心爱的蘑菇，再也找不回来了。我想过把岛靠近百花镇，但旋涡可能会吞下小镇，伤害无辜百姓。我只好在海中游荡，希望有一天，你们能回来看我。可你们都把我忘记了，让我一个人孤单地守在这里。我太苦了！"

野火又舔舔小仙人，叫了几声。

"不，你们俩都不想我。要不是因为这个女孩，你也不会回来的。"小仙人又哭起来，把地板打湿了一大片。

野火俯下身来，用前腿将小仙人揽过去，靠着它的脖子。小仙人把它推开："我贪玩，又小心眼，你不喜欢我，也不想要我了。走开，我恨你！"

野火紧紧抱住他，不停地舔他，安慰他。

看着这样的情景，娅娅的心为之一动。这似曾相识的话，她好像也说过。是对谁说的呢？她为什么要说那样的话？她竟一点也想不起

了。但她的心里涌起一种渴望：她想告诉那个人，当时说的只是气话，她不恨任何人。她想回到那个人身边，说一声对不起。但是，那个人是谁呢？想着想着，娅娅的脑子又开始变得迷糊起来。她不得不把思绪拉回来，满怀同情地看着正在哭泣的小仙人。

雨娃这才确定那幅画中的山羊就是胡羊大叔——那时他还有两只角。他说："叮当，我可以保证，爸爸一直都很想您。他常常在《蘑菇传奇》的故事里提到您。我一直以为那只是故事，直到昨天我才知道，故事里的一切都是真的。爸爸一直没有来看您，是为了保护您和您的家园不会被人发现。"他把父亲从海外归来后，与白面巫师斗法失败的事说了出来，"从此以后，他就把家隐藏了起来，很少公开露面。昨天娅娅和金吉告诉我，白面巫师和美耳定制中心的山娘去美瓷居索要野火发光的牛毛被拒绝了。我不知道他们是怎么知道红公牛的存在的，但巫师现在知道了，肯定不会善罢甘休的。他现在就在岛上，迟早会找到野火的。"

"什么？那巫师想要野火发光的牛毛？"小仙人停止哭泣，摸着野火的湿鼻子说，"这件事你可没告诉我，伙计。他竟想要你的性命，我可不答应。我已经失去了胡羊这固执的老家伙，不能再失去你！"

"胡羊大叔还说如果我们见到您，一定要把他的问候和思念带给您。他还说他从没忘记您。野火，他是这样说的，对吧？"金吉补充道。

野火点头，又舔了一下小仙人。

小仙人乐了。他从野火的怀抱里跳出来，在地上翻筋斗，不停地重复道："他没忘记我！他没忘记我！"

"那您现在能看看娅娅的蘑菇汤好了吗？"雨娃试探着问。

"哦,那蘑菇汤啊。其实她想回家,根本不需要什么蘑菇汤、人耳朵,只要有那铜铃就好了。"小仙人狡黠地说。

"您怎么不早说?"雨娃很生气。

"我只是想让你们陪我多玩一会儿嘛。"

"可是没有人耳朵,又怎么能听见铜铃的歌声呢?"金吉问。

"娅娅,把你的铜铃给我。" 娅娅把铜铃解下来递给小仙人。他仔细看了看说:"这真是一件稀罕的宝贝。它来自于大地,它的歌是那片土地的乡音。只有那片土地的耳朵才能听见它的歌声。"

"那还是得找回人耳朵啊。"雨娃说。

"是的,但不需要刻意去找。"小仙人说,"在铜铃带她回家的途中,人耳朵会自己回来的。你们都跟我来吧,我们送娅娅回家去。"

小仙人提着一盏灯,骑上野火,带着雨娃、娅娅和金吉进入一片蘑菇林,在一座光滑的石壁前停下。小仙人摸摸石壁,上面出现一个浅浅的凹坑,里面长满苔藓。他又摸了一下,苔藓形成一个绿色的小旋涡。

小仙人将铜铃绕着娅娅的右手腕转了几圈。铜铃消失了,在娅娅的手腕上留下一个铜铃形状的图案。

"这样你就不会把它弄丢了。"小仙人说,"现在,你用这只手摸着苔藓旋涡,想象家乡的模样,说出它的名字,你就会踏上回家的路。"

"家乡的模样?名字?"娅娅喃喃地说。

"你家所在的村庄的名字。铜铃诞生的地方。"小仙人提醒她,"一定要说出正确的名字,并回想村庄的模样,否则你回不去的。"

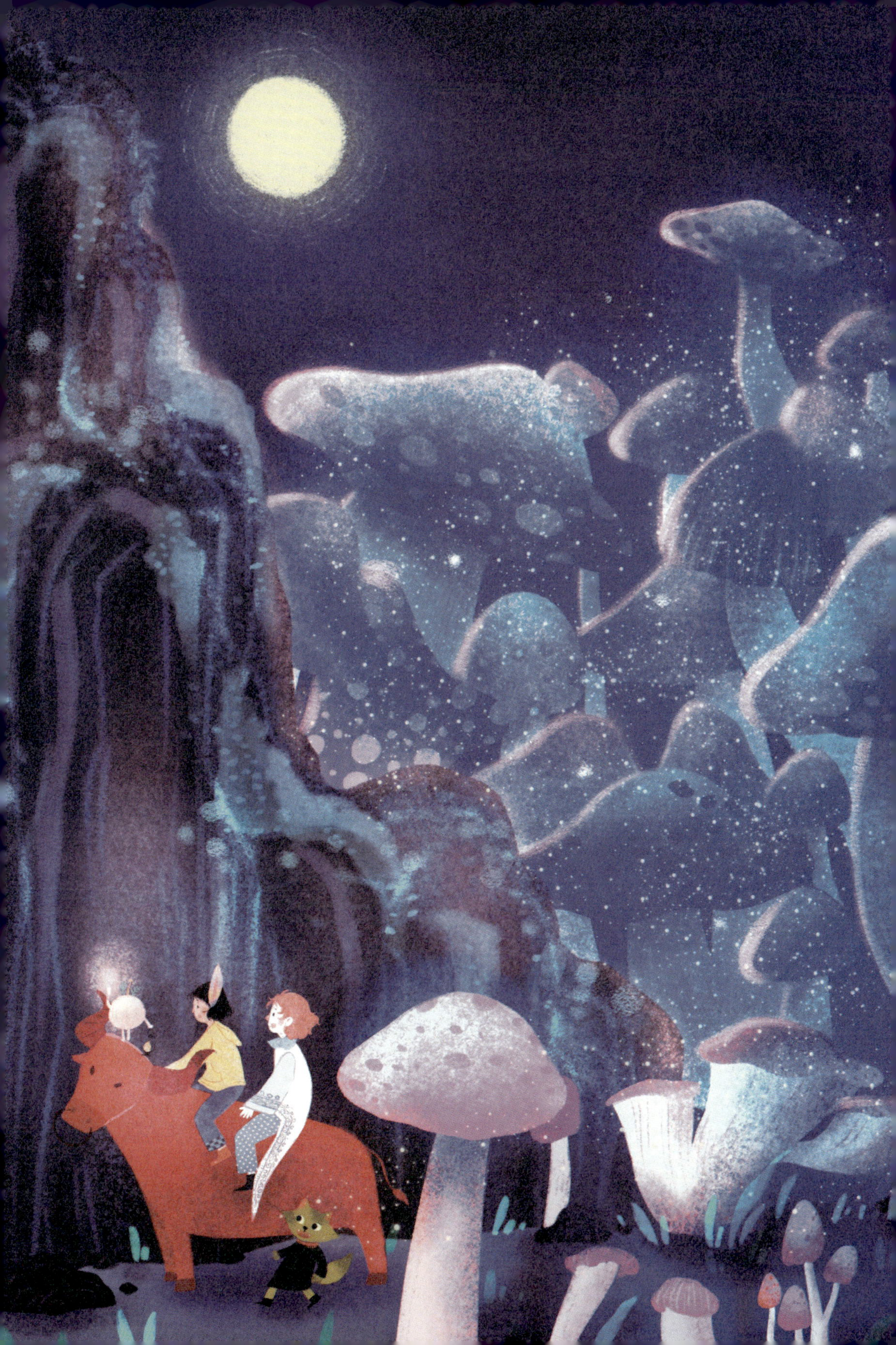

娅娅怎么也想不起家乡的名字,更无法回忆村庄的模样。关于那里的一切记忆似乎从她的脑海里完全消失了。

"她不可能想起来的。她已经把在龙人世界的事忘记了。"雨娃说。

"她好像从未对我们说过村庄的名字。我们真该问问的。"金吉说。

"只有名字是不够的。在这世界上,有许多名字是重复的,她还必须回忆起家乡的样子,哪怕是那里的一棵树,一座房子也好。"小仙人说。

正当大家为娅娅着急的时候,一个嘶哑的声音在蘑菇林中说:"我知道。"

第十七章

魔 术

"一个和巫师一模一样的人站在阳光下的院子里，挂着拐杖，笑得无比灿烂。"

所有人都吃了一惊。还没等大家回过神来，一道道黑烟飞过来，迅速地将娅娅、雨娃和金吉捆在一株大蘑菇上。苔藓旋涡和凹坑消失了，石壁恢复成原来的模样。野火和小仙人不见踪影。一盏灯落在地上。

　　白面巫师戴着斗笠，拄着毛笔巫杖从蘑菇林中走出来。他四处搜寻野火和小仙人，没有找到。他对他的三个俘虏说："你们都在啊，这倒省了不少事。娅娅，你想回家吗？我知道你家所在的村庄的名字。我还有你们村子的照片，要我给你看看吗？"

　　"你怎么知道？"娅娅问。

　　"你忘记了？啊，我想起来了，你是龙孩，在这里记忆受到损伤是很正常的。"巫师说，"我当然熟悉你家，我的主人和你家是同一个村子的。你叫他梅伯伯。我认为你没必要回去，因为在那个世界你是一个聋人。现在你又变成这模样，要是你回到村子，大家会把你当怪物送进监狱或者精神病院。而且你的父母已经抛弃了你，你为什么还要回去呢？"

　　"他们为什么要抛弃我？他们不爱自己的孩子吗？"娅娅极力去回想父母的模样，可他们的身影在记忆里一片空白。

　　"他们爱你是因为你以前是正常人，是他们未来的希望。可你聋了，即使花光他们所有的积蓄也医治不好了。你会成为他们的负担与累赘。你在他们眼里就是多余的废物。谁愿意一辈子照顾一个废物呢？"

　　"娅娅，别听他胡说。"金吉说，"你父母去新疆辛辛苦苦摘棉花，就是为了能早点凑够钱，好带你去大城市医治耳朵。我们在风火球里

见过的。你没有忘记吧？"

"父母的爱一直都在，不会变的，娅娅。你要相信他们。"雨娃说。

"我的好徒弟啊，你没有被麻辣兔做成肉羹真是太可惜了！"白面巫师说，"爱不会变吗？你的山羊父亲曾经多么爱你呀，可为了保住他自己的性命，把你交给我当奴隶使唤。你说他的爱变了吗？"

"他有自己的苦衷与无奈。"雨娃坚定地说，"我相信他一直都爱我。"

"你越坚定地相信某种东西，它就越让你失望。"巫师说。

此时娅娅的脑海里蹦出一句话：唯有坚定的信念，才能到达你想去的地方。她一时想不起这是谁说的，但这句话让她对巫师的话产生怀疑。如果要在巫师和朋友之间做选择的话，她选择相信朋友。雨娃和金吉一直在提醒她，一定不能让巫师抓到她。她必须回到自己的世界。巫师不让她回家，她偏要回家，而且一定要回家。她必须坚信在家里，她的父母在等她。他们是不会抛弃她的。虽然她想不起他们的模样，但她的心告诉她：只有完全相信，抱有坚定的信念，才能回到家人身边。

她望着那石壁，有宝石一样的光芒在上面闪烁，像夏夜的星星。她又想起在星空下数星星，那几个大人在一边说话的场景。那些人影依旧模糊，但他们在石壁上走动，朝娅娅伸出双臂。她不由得朝石壁伸出手。"噼啪，噼啪。"巫师举起毛笔巫杖对着石壁画几个叉。石壁瞬间被劈开，碎石落了一地。娅娅的心痛了一下，她看见那些星星和人影消失了。

"你真的以为这是你回家的通道吗？"巫师冷冷地说，"你的小

仙人朋友和红公牛都骗了你。要不他们怎么会躲起来而不来救你呢？"

"你这黑乎乎的影子鬼，不要挑拨离间，污蔑我们的朋友！"金吉愤怒地说。他挣扎着想要挣脱黑烟的束缚。

"跑不掉的，小猫咪。这一次可没有上次在山娘家那么幸运了，这里什么猪也没有。"巫师说，"娅娅，为了找到你，我可真费了不少劲。你想知道你给我增添了多少麻烦吗？你真的是一个累赘。"

娅娅不说话。

"你应该还没有忘记我是谁吧？不过没关系，你只要知道我来自你的村庄，是你梅伯伯的影子就好了。"巫师说，"其实刚开始的时候我并没有打算把你变成咕咕兔的。但主人是个老顽固，不肯把铜铃给我，我是为了威胁他才那样做的。后来我发现，他竟然把铜铃藏在阿黄的尾巴上，而阿黄又把铜铃给了你。我没有找到你。但我刚回到百花镇，金吉就把你卖到了巫师阁，给我带来惊喜。你说这样的朋友值得信赖吗？我急着去月亮坡堵住那个通道，不让你从那里逃回去，顺便看看有没有麻辣兔被你吸引来，就把你交给雨娃看管。这自作聪明的徒弟不仅没有把你麻醉，还将你变回人形，把你放了。多亏了山娘，她说她找到了我要的魔法物的下落，还说起一个女孩要换人耳朵的事。我知道那是你，不过你逃走了，丢下了雨娃写给老山羊的信。山娘拾到了信，我才从信中得知你们要前往美瓷居。"

娅娅充满歉意地看着雨娃说："我记得那件事，很抱歉。"

雨娃静静地说："没关系的。即使没有那封信，他也会找到你的。"

"老山羊把宅子隐藏得很好。虽然信上提到了黄叶路，但我和山

第十七章 / 魔术

娘还是找了许久才找到宅子的确切位置。"巫师继续说,"我从那两张小凳子和包裹断定你们还在那里,只是被老山羊藏起来了,所以我们走后就守在外面,可一直没有看到你们出来。直到第二天下午,我接到有人报告说,麻辣兔的大炖锅被一个女孩,一头牛和一只猫毁了。我知道那是你们的杰作。我去那里搜索,发现你们已经骑着红公牛渡海了。红公牛真不愧是日行千里的神牛,我的蛋船竟然跟不上。好几次差点跟丢了。

那一路可真是艰辛啊!讨厌的海风呼呼地吹,我只好坐在蛋船里跟踪你们,后来我在蛋里睡着了。蛋被海风吹到船岛上,差点被燕子们毁掉。我看见金吉成了海燕们的猎物,知道你们就在岛上。当我逃出燕子洞并再次找到你们的时候,你们已经从燕子洞逃出来。我施展魔法驱使燕子们将娅娅和红公牛捉住,但你们还是逃掉了。我只能一直跟着你们,没想到那个旋涡也把我带到了海浮岛,让我们狭路相逢。我不会再让你们逃脱了。等我拿到铜铃,再去找那头喜欢藏起来的红公牛。"

娅娅听完巫师絮絮叨叨的诉苦,明白了雨娃和金吉告诉她的一切都是真的。她想起雨娃的话:"你必须回去,娅娅,你不属于这里。"她望着那已经变成乱石堆的石壁,心里充满愤怒。

"我会带着铜铃回家的,你什么也得不到!"她的声音无比洪亮,充满决心与力量。

雨娃和金吉都惊讶地看着娅娅。白面巫师惊了一下。"回家?这里才是你的家。"巫师镇定地说,"你留在这里会过得更好。铜铃对你已经没有用处了,还给我吧。那是我主人的东西,不是你的。"

雨娃拉着娅娅的右手腕说:"娅娅,你一定要回家,回到家人身边。离这个满口谎言的骗子远远的。""咻"的一声,从巫师的毛笔巫杖里射出一点火星,落在雨娃的红头发上。一瞬间,他的头发被烧个精光,陶瓷脸上漆黑一片,但他仍握着娅娅的手腕,矗立不动。

"你这个小丑,竟说你师父是骗子。巫师的魔法可不是骗人的魔术。"巫师来到娅娅跟前,伸手在她的脖子上摸了一圈。那里什么也没有。巫师的手离开了,但一股冷空气留了下来。冷空气蔓延到她衣服口袋的地方,然后是裤子口袋,雨靴里……娅娅冷得发抖。

"你把它藏在哪里了?"巫师气恼地问。

娅娅很害怕,但雨娃手心的温暖给了她勇气。"丢了。"她说。

"不可能。我听到你们刚才提到过铜铃。"

冷空气蔓延到娅娅的头发里,帽子里,手臂上……雨娃把娅娅的手拉得更紧了。

"放开你的手,傻徒弟。"巫师说。一道黑烟从巫杖射过去。雨娃把手放开了。

巫师抓起娅娅的右手。那个铜铃图案赫然在目。"铜铃呢?"他厉声问。

娅娅想收回手,但巫师抓得紧紧的,像钢箍一样勒得皮肤疼痛不已。巫师用巫杖触碰那个图案。娅娅叫起来。图案在闪过一道光芒之后仍然保持原样。

巫师放掉娅娅的手,说:"看来我们得玩个找东西游戏,才能把铜铃找出来。啊——我想起来了,我的主人不是喜欢变魔术吗?村子里的小孩都很喜欢他的魔术把戏。我作为他的影子,当然也会变魔术。

第十七章 / 魔术

娅娅,我们今天就来表演一个魔术,名字就叫'找铜铃'。我相信你一定会喜欢这个魔术的。要怎么找呢?嗯——我先做个示范吧。"

白面巫师取下头上的斗笠,从袍子里拿出一张彩色照片给他们看。娅娅清楚地看见,照片上,一个和巫师一模一样的人站在阳光下的院子里,拄着拐杖,笑得无比灿烂。在他的旁边,他的影子投射在地上,和他做着同样的动作。

那个人真熟悉啊!娅娅想,是巫师说的梅伯伯吗?

"这是一张照片,现在我把它放进去。"巫师把照片扔进斗笠,念一段咒语,摇了摇斗笠,然后取出照片。照片上的影子消失了,"看见了吗?现在我要把丢失的影子找回来。"

巫师将照片再次扔进斗笠,念咒语,再摇一摇,然后把斗笠往上一抛,从里面飞出各种东西:各种颜色的布片、相纸碎片、彩色的颜料、花瓣、植物叶子、花白的胡子、眼睛、嘴巴、拐杖等。这些东西在斗笠上方像杂耍人抛掷的彩球那样不停地旋转,让人眼花缭乱。但白面巫师只看了一会儿,就用毛笔巫杖在一个黑色的东西上点了一下。所有东西都飞回斗笠。巫师重新拿出照片。影子回到了照片上!

"是不是很有趣？"白面巫师得意地说，"现在该你了，娅娅。你只要在斗笠里，找到那个铜铃交给我，你就能安然无恙地出来，否则就永远留在里面吧。"

巫师将斗笠翻过来放在地上，抛出巫杖。巫杖飞到斗笠上，像画画一样沿着它的轮廓画一遍。斗笠发出银色光芒。但巫杖画完之后，从斗笠飞向巫师张开的手掌时，在空中消失了。

第十八章

跳进斗笠

"小不点,你是谁?"

巫师大惊失色，张开手指往空中一抓，什么也没抓到。

红公牛显现形体。它的嘴紧闭着，脖子扭曲着，做出痛苦的吞咽动作。小仙人趴在它的头上，轻拍它说："吞下去，伙计！"

"把它吐出来！"白面巫师气恼地说。他的手中多出一把宝剑，朝野火奔去。野火机灵地一跃。这一跃，倒让它吞下了巫杖。它不再痛苦，轻松地抖抖身子，甩甩尾巴，发出得意的哞哞声。

"快隐身，跑！"小仙人对野火说。但巫师快速逼近野火，速度快得让人看不清他在何处。他取下胡子上的彩珠串，朝野火扔去。野火慌乱地躲避着彩珠串，无法放松下来隐身。

"安抚它，叮当！"雨娃大叫。

野火在蘑菇林里乱蹿。小仙人几乎被甩下牛背。他悬在牛角上，不停地说："放松，伙计。放松！放松！"巫师紧追不舍。野火拼命逃。

"想想我做的蘑菇汤，你最喜欢闻它的味道了。放松，伙计！快隐身啊！"小仙人不停地说，"想想蘑菇奏出的音乐，好喝的甘露，甜果酱，荡秋千，玩滑梯……想想啊！或者深呼吸？吸——气，呼——气，你能听见我说话吗？该死的，快隐身啊！"

野火只顾逃命。

"哎呀！我差点忘了，唱歌！你最喜欢听我唱《云上故乡》。"小仙人唱起歌来。

青青的浮山

炊烟从海上吹来

留在不眠的梦里

从春花到冬雪

一片片白云

心爱的朋友和我

从雨后的山中来

传唱着河流的颂歌

一朵朵蘑菇

暖暖的香气和我

从浮山的烟火来

述说着故乡的传说

长长的思念

游子从远方归来

守在家人的身旁

从日落到天明

……

听到熟悉的歌声，野火果然放松了许多。它逃跑的路线不再混乱，躲藏的方式有了更多技巧。在一片空地里，它突然停住，转身面对追上来的彩珠串。一眨眼工夫，它和小仙人凭空消失了。彩珠串撞在一块石头上，停了下来。小仙人的歌声在空中回荡，随风而去。巫师拾起彩珠串，只得赶回原来的地方，担心那几个好不容易抓到的俘虏会被隐身的牛带走。但他还是来晚了。狮子猫金吉刚刚挣脱烟绳，救出了同伴。

原来金吉趁白面巫师追逐野火与小仙人的时候，就在试图破解烟绳的魔法。他记得娅娅给他说过他们在美耳店得到小猪帮助的事。小猪说猫毛掉进茶水会减弱魔法的力量。他把这想法告诉娅娅。

"我好像记得她这样说过。"娅娅说。

"你总算还记得一些事。"金吉说，"雨娃，快拿笛子变一碗茶水出来！"

"烟绳让我无法施展魔法。"雨娃说。

"金吉，用水也可以吧。那蘑菇上有积水，我帮你弄过来，倒在你的尾巴上。"娅娅说。她用脚把附近的一株蘑菇勾过来。伞盖上的水不多，打湿了金吉的半截猫尾巴。

金吉用湿尾巴拍打烟绳。烟绳没有一点变化，依旧把他捆得紧紧的。

"金吉，试试你的猫尿。"雨娃建议说，"许多魔法都害怕这种有刺鼻气味的东西。"

"你的意思是我的猫尿很臭？"金吉不悦地说。

"猫尿并不臭，只是对我们人类来说，气味确实太浓了些。"娅娅说。

"好吧，为了我们宝贵的生命，我就试一试。你们可不能偷看啊！"

娅娅和雨娃别过脸去。金吉把尿撒在背后的蘑菇上，用尾巴在上面蹭了许多次，然后再次触碰烟绳。一眨眼工夫，烟绳不见了。

第十八章 / 跳进斗笠

"这种魔法也太低级了吧？连猫尿都能破解。"他高兴地说，"上次你们在燕子洞救我一命，今天我救你们。咱们扯平了。"

他刚把娅娅和雨娃解救出来，白面巫师回来了。他向金吉掷出彩珠串。金吉一跳，撞在一株蘑菇上，深深地陷了进去。彩珠串把蘑菇割断，差点将金吉切成两半。金吉怒不可遏，从蘑菇中挤出来，拔出腰刀，朝巫师跳过去。雨娃变出竹笛法器与巫师斗法。金吉趁机跳到巫师身上，把他的长胡子砍掉一截。

巫师退出了战斗。他看了看躲在一边的娅娅，将宝剑往斗笠扔去。宝剑像毛笔巫杖那样将斗笠的轮廓画了一遍。斗笠重新焕发出银色光芒。

巫师收回宝剑，蹿到娅娅身边，拉起她的手，跳进斗笠。雨娃大叫一声"娅娅"，也跟着跳进斗笠。金吉紧随其后。地上，只留下一顶平淡无奇的斗笠，静静地搁在那里。

娅娅掉进斗笠后，飘浮在浓雾中，等到她坠落在地时，她正站在悬崖边。悬崖下是一片广阔的黑湖。湖水似墨，映出她模糊的倒影——一颗长出细弱四肢的红心，手腕上系着一个小铜铃。

红心不喜欢这个荒凉的地方，她想离开，但不知道该往哪里去。她离开黑湖，先后在满是石头的荒原上发现一对并排走路的眼睛，一张小嘴巴，一个圆乎乎的鼻子和一双小手。这些奇怪的器官默默地聚在一起，朝同一个方向前行。

娅娅跟着他们，来到离黑湖不远的一块大岩石后。那里躺着一个云朵组成的小女孩。她的面容也像云朵一样是模糊的，看不清真实

模样。红心认不得她。当那些器官聚在云朵女孩身边谈话时，她躲在远处仔细倾听。

嘴巴说："我问遍了这里所有能说话的东西，没有谁看见人耳朵。"

"他们肯定在这里。"右手说，"我找到了兔耳朵。那两个家伙还想回到娅娅这里来。我把他们揍了一顿，不准他们回来。可他们竟和我谈条件，说要是我不让他们回来，就不告诉我人耳朵在哪里。我只好又揍了他们一顿，他们才说人耳朵在娅娅的身体附近。"

"对，在她的身体附近。"左手说。

"我把这附近都找遍了，什么也没有。"嘴巴说，"这两个二愣子，玩捉迷藏还上瘾了。"

"我看了附近所有的地方，也没看见人耳朵。"两只眼睛说。

"我也没闻到他们那特有的耳屎味。"鼻子说。

"我们应该去问问红心。"右手说。

"对，问问红心。"左手说。

"那家伙也许认不出娅娅了，要不早该回来了。"嘴巴说。

"她会不会迷路了？"两只眼睛说。

"我们必须去找她。"嘴巴说，"要是她被影子巫师捉住，娅娅缺少了心，即使有人耳朵，也无法醒来。"

"你看见影子巫师了？"两只眼睛瞪得大大的，惊恐地问。

"他正在黑湖那边寻找铜铃。他没有了毛笔巫杖，但宝剑和彩珠串非常厉害。彩珠串转动起来像电锯，连石头都能切开。我可不想被它切成千瓣嘴。"

"我们得立即行动，在影子巫师之前找到红心和人耳朵，让娅

娅醒来。否则，我们会消失在这鸟不拉屎的鬼地方。"右手说。

"对，消失在这鸟不拉屎的鬼地方。"左手说。

红心很疑惑。他们说的红心是她吗？可她并不认识那个云朵形状的娅娅啊。当器官们寻找娅娅的红心和人耳朵时，红心悄悄地跟着。大家把附近所有的石头翻找一遍，又去其他地方寻找，一无所获。他们回到云朵形状的娅娅身边。

"找不到了。我们恐怕得说再见了。"嘴巴伤心地说。

"兔耳朵应该没有撒谎。毕竟耳朵知道耳朵的事。我们还有什么地方没找？"右手说。

"对，还有什么地方没找？"左手说。

"都找了，我连黑乎乎的湖水里都看了。"两只眼睛说，"那里只有我自己。"

"我也没闻到耳屎的气味。"鼻子说，然后他呼呼地吸了几下。

"鼻子，你的鼻孔塞住了？"右手朝鼻子走过去，拨开鼻孔看，"你感冒了！怪不得什么也闻不到。"

"对，什么都闻不到。"左手说。

"我能怎么办呀？"鼻子委屈地说。

"你应该像狗那样趴在地上闻，而不是像现在这样仰着鼻子呼呼呼。"右手说。

"对，趴在地上。"左手说。

"像这样吗？"鼻子趴到地上，一边走一边闻。突然他闻到一股熟悉的气味，就在云朵娅娅的鞋子里。鼻子钻进去，一会儿，他瓮声瓮气的声音传来，"我找到了！在这里睡觉呢。"

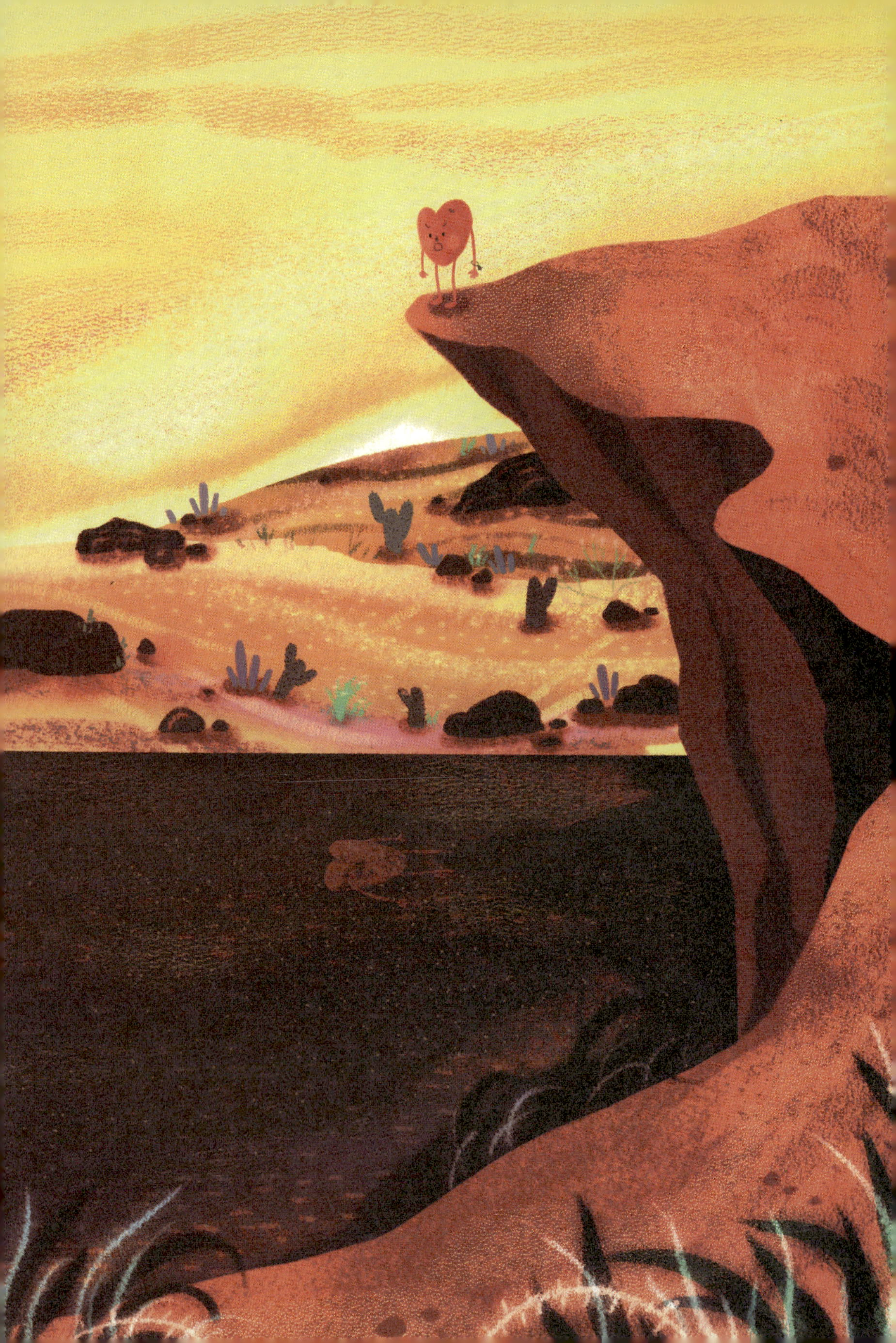

"人耳朵吗?"右手问。他和左手一起钻进云朵鞋子,把那对人耳朵拉出来。

"好家伙,竟睡在我们眼皮底下!害我们找了这么久。"嘴巴气愤地说。

"就是嘛,我累得眼皮都睁不开了。"两只眼睛赞同地说,"快叫醒他们。"

于是所有器官一起喊:"起床了!"人耳朵沉睡着,一点也没有要醒来的意思。

"我得好好揍他一顿。我不信他不醒来。"右手说。

"对,揍一顿。"左手说。

在两只手准备动手的时候,从大岩石后面传来脚踩在石头上的嘎吱声。器官们抬头一看,白面巫师正朝他们走来。他们抱起耳朵就跑。巫师抛出手里的彩珠串,大喊道:"红心,站住!把铜铃给我。"

"红心?"器官们回头看,只见红心正拼命地往另一个方向奔跑。彩珠串紧跟在她身后。

"是娅娅的红心,快帮她!"嘴巴大叫。

"别让巫师把铜铃抢了!"眼睛说。

"拦住彩珠串!"右手说。

"对,拦住彩珠串!"右手说。

所有器官都掉头朝红心追去。两只手跑得飞快,跑到彩珠串的前面。彩珠串圈住了两只手,停下来。等巫师气呼呼地跑上来时,两只手逃得无影无踪。

红心在荒原上跑啊跑,跑了很久才停下来。巫师没有追来,她

松了一口气，发现自己又回到了黑湖附近。湖岸边，一个拿着竹笛的瓷人和一只黄猫朝她走来。那不是自己的好朋友雨娃和金吉吗？她还记得他们。她朝他们奔去。

雨娃看见红心，吃惊地问："小不点，你是谁？"

"我是红心。你们是雨娃和金吉吗？"

"你是娅娅的红心，对不对？"

"我不知道。我看见一个云朵组成的女孩。那些眼睛、鼻子、嘴巴和手都叫她娅娅。我还碰到一个巫师，他要抢走我的铜铃。"红心晃了晃手腕上的铜铃。

"你肯定是娅娅的红心。"金吉说。

"我明白了。这里本是巫师的魔法圈。他想通过分解娅娅的身体，找到隐藏起来的铜铃。"雨娃说。

"我们该怎么办？"金吉问。

"你知道云朵娅娅在哪里吗？"雨娃问红心。

"那边的大石头后面。"红心说，"那些器官说要找到红心和人耳朵，娅娅才能醒来。"

"是的。你和所有的器官都要回到原来的位置，娅娅才能醒来，离开这个魔法圈。"

"原来的位置？"

"就是人耳朵回到原来长人耳的地方。红心要回到娅娅的心里。"

在云朵娅娅躺着的地方，白面巫师正坐在大岩石上，嫌恶地看着挤成一团的其他器官。他看见雨娃、金吉和红心走在一起，立即跳下石头说："啊——这跟屁虫徒弟和猫咪也来了。"他看了看红心，又说，

第十八章 跳进斗笠

"红心,这个魔法世界只有这么大,我们不用再追来追去了。我知道你肯定会回到这里来的。我索性等着就好。你的器官找到了人耳朵,但一点用也没有。因为耳朵已经死了,你叫不醒他们的。既然如此,你拿着铜铃也没用,把它给我吧。我会让你在百花镇幸福快乐地生活。如果你不喜欢兔耳朵,山娘会为你定制任何你喜欢的耳朵,这不是很好吗?"

"人耳朵没有死,只是睡得太沉了。"雨娃说。

"我们能唤醒人耳朵。"右手说,"我会用厉害的拳头让他们醒来。"

"对,用厉害的拳头。"左手说。

"我们真的能唤醒耳朵吗?"红心问雨娃。

雨娃把红心捧在手心说:"只要你有坚定的信念并不懈努力,他们就一定能醒来。"

第十九章

唤醒耳朵

"红心听到它的召唤,转身,回到那个地方。"

"你们别忘了,这里是我的魔法世界。"巫师傲慢地说,"唤醒了又怎样?你们还是走不出这里,依旧是零零散散的器官。铜铃终归是我的。"

"我会破解这个魔法圈的。"雨娃说。

"是吗?那你试试看。"巫师朝雨娃扔出彩珠串。红心从雨娃的手中跳开了。雨娃用竹笛一扬,把地上的石头垒成一堵墙,挡住彩珠串的攻击。

"你们快把耳朵唤醒,我来对付巫师。"雨娃说。

红心、金吉和器官们聚在一起,用各种方法唤醒耳朵:哄他们,揍他们,捏他们,咬他们。耳朵睡得死死的,动也不动。

"这两个家伙真的死了,无可救药。"右手朝右耳朵扇了一耳光,恼火地说。

左手也给左耳朵一耳光,说:"对,无可救药。"

"你们对娅娅的耳朵太粗暴了。"金吉说,"她要是知道你们这么做,会很伤心的。"

"红心,你会伤心吗?"右手问。

"我没有感觉。"红心说。

"因为你只是娅娅的一颗心。"金吉说,"但她的身体会记住她经历过的事和感觉。"

"他们记不得这些事。"右手说。

"对,记不得。"左手说。

"别吵了,你们在浪费时间。"嘴巴大声说,"耳朵能记得很多事,特别是声音。娅娅遗忘了过去。我们要帮她回忆以前的事,唤

起耳朵苏醒的渴望，可能比强行弄醒他们更有效。"

"这是个好主意。"鼻子说，"只要我一想到那些闻过的美味，我的鼻子马上就畅通了许多。"

一阵"轰隆轰隆"的巨响把器官们吓了一大跳。他们看见雨娃砌的防护墙被巫师的彩珠串击垮。雨娃受了伤，身上飞出一些碎瓷片。白面巫师大踏步地跨过围墙废墟，把彩珠串扔到雨娃的脖子上。

彩珠串在收紧，雨娃的思绪开始飘浮。他看到娅娅在笑——那是在巫师阁，她从一只兔子变回人形时，脸上绽放出的快乐之花。他想让她永远这般快乐！他还看到娅娅给他讲怎么变成兔子的事。突然，娅娅说到她当时的恐惧：她看见梅伯伯用手电筒的强光击打墙上的影子……光！白面巫师是影子，他害怕强光！雨娃一时顿悟。他念起魔咒，用竹笛将地上的石头变成一个个发着光的球，朝巫师飞去。那些光球在巫师的兔毛披风上留下一个个小洞。

白面巫师惊恐不已。他收回彩珠串，挥舞着宝剑将光球劈开，但光球越来越多。宝剑钝了，裂开了。兔毛披风变成一块块碎片。接着，巫师的身上掉下许多泥块似的东西。他的形象越来越模糊，最后，只剩下一具黑烟构成的人形骷髅站在那里。

施展魔法让雨娃耗尽力量，他半跪在那里，依然用竹笛把石头变成光球射向影子骷髅，但影子骷髅已经无法再受到伤害。他变得软绵绵的，如醉汉一样站立不稳。与此同时，红心和器官们还在为如何唤醒人耳朵而争吵着。不过他们总算达成了共识：说一些关于耳朵的往事，激起他们苏醒的渴望。

"大家快想啊！"红心看着雨娃，焦急地对器官们说。

第十九章／唤醒耳朵

"娅娅以前喜欢听奶奶讲故事。每次说到狼外婆吃小红帽的时候,她都吓得哇哇哭。"两只眼睛说。

"那是她婴儿时期的事了,耳朵记不得。"右手说。

"对,记不得。"左手说。

"你不要老学我说话,要有自己的主见。"右手生气地说,"你自己想一个。"

"有一次,一只蚊子趴在娅娅的耳朵上,我一巴掌拍了过去。"左手说。

"这种事让耳朵感觉不舒服,要说美好的事。"金吉说。

"秘密。"红心说,"说一个耳朵想知道的秘密或者他们想说出来的秘密。"

"对啊!秘密是最具有诱惑力的话题。"金吉说。

"爸妈离开家去新疆那天,娅娅躲在被子里不出来。妈妈凑到她耳边说了一句悄悄话。"两只眼睛说,"当时娅娅听不见。但她的耳朵肯定知道那句话是什么,只是没有告诉她的心。这算不算秘密?"

"当然算,她妈妈说了什么?"金吉问。

"那的确是一句极好的话,那时我浑身都酸酸的。"鼻子说。

"我还尝到了娅娅的眼泪,又苦又咸。"嘴巴说。

"她究竟说了什么?"红心问。

"红心,你不知道吗?你把以前的事全忘了?"

红心摇摇头。

"快醒来告诉我们,人耳朵。"右手对耳朵吼道,"她妈妈说了什么?"

"说了什么？"左手说。

大家都紧张地看着那对人耳朵，而红心则看着雨娃。雨娃已停止施法，光球消失了。软绵绵的影子骷髅一下子站立起来，像风一样朝雨娃冲去。雨娃浑身被黑影笼罩。等到黑影离去，他成了一堆碎瓷片。

"雨娃！"红心的声音嘶哑，浑身战栗。

"雨娃！"金吉叫着，奔向雨娃。

器官们都惊呆了。那些黑影在空中飘浮，重新聚集起来形成人形骷髅。

"快起来，人耳朵，她妈妈说了什么？"嘴巴叫道，气急败坏地咬了耳朵一口。

"人耳朵好像动了。"两只眼睛说，"他们醒了！"

大家围住耳朵一齐问："她妈妈说了什么？"

两只人耳朵立起来，迷迷糊糊地看着大家说："她妈妈说，'我们从新疆回来就带你去大城市治耳朵。在家里等我们'。"

"红心，耳朵醒了，红心——"大家叫着。

红心没有应答，她呆若木鸡地站着，愣愣地望着雨娃倒下的地方。她的眼泪流下来，全身都湿透了。影子骷髅朝她飘去。突然，她冲向影子骷髅。

两只手跑上去一把拉住她："回来，回娅娅的身体里去！"

"快，大家各就各位。"嘴巴喊道，和所有器官跳进了云朵娅娅的身体。

红心在一个空白的空间里走着，四周什么也没有。她听到熟悉的声音从某处传来。

"娅娅，回家吃饭了。"一位老奶奶喊道。

"那天我在市场上看到许多卖新疆大枣和葡萄干的。我就想着等我们回去，要给娅娅带一些，她喜欢吃干果。我一直都念着她的。"一个女人说。

"诗里也说了啊。'我的歌声里，有你回家的路。'是说当你迷路的时候，它会唱歌指引你回家。"一位老爷爷说。

"是什么歌？我听听。"一个女孩的声音。

一个男人喊起号子："哟——嚯，伊嗨喂——，幺妹儿走得快哟，翻过那座山也。哟——嚯，伊嗨喂——，大路通到家哟，妖怪都走开也。嗨哟喂——"

……

每个人都在说"回家"。每个人都在对娅娅说话。但在那空白空间里，没有娅娅，只有红心自己。

红心问："谁是娅娅？"

声音们同时回答她："是你啊。你就是娅娅，娅娅就是你。"

"我是奶奶。"那位老奶奶出现在空白空间里，是一个剪影。

一位中年妇女的剪影出现了，说："我是妈妈。"接着，一位拖着长胡子的老爷爷走出来说："我是梅伯伯。"最后，那个唱号子的男人来了："我是爸爸。娅娅，快回家。"所有剪影都拉住红心的手说："我们一直在这里啊。"

他们显露出真实的面容——苍老的、饱经风霜的、慈爱的、充满爱与力量的脸，把红心带回曾经的记忆里。她想起了所有的事。她认识这些人——他们是爱自己的家人。他们的声音带着重庆方言的腔调，和夏夜乘凉时那些人说的语言一模一样，让她倍感亲切。

家人们指着红心的身后，说："家在那里，孩子。我们在等你。"

那里有一个洞穴似的空间，空空的，映着红光——那是娅娅的心所在的位置。它发出风一般的呢喃："回来吧，孩子。"

红心听到它的召唤，转身，回到那个地方。

娅娅醒过来了。她感觉到耳朵有点异样。她摸了摸，那可爱又熟悉的人耳朵回来了，真好啊！她站起来环顾四周，蓦然发现自己身处红色的花海之中——那是开满荒野的金灯花。红艳艳的花朵连成一片，像红色的云雾一般缥缈。她望着这熟悉的花朵，如梦的花海，震惊不已。可在花海之中，一个黑影迅速地朝她飘来。她的右手腕一阵疼痛，有什么东西被硬生生地扯了下来。

等她回过神时，影子骷髅已经拿到铜铃。他将彩珠串和铜铃同时抛向空中，大喝一声："断！"

彩珠串高速旋转起来，将铜铃从中切开。"当——当——当——。"

铃声响起来了！洪亮的声音把地面震得摇晃起来，形成一阵风，拂过金灯花海，如海浪般汹涌。

这是上课的铃声吗？那么清脆响亮。它传遍整个荒野，敲打在娅娅的心上。

娅娅猛然想起梅伯伯的话："它只有在被毁灭的时候才会响。"啊！这不是学校的铃声。这是铜铃走向毁灭时的丧钟。

巫师已经销毁铜铃。那坚固的铜铃，那可以带她回家的铜铃，破碎了；她再也不能回家，不能回到家人的身边；她找回了人耳朵，也是白费功夫了……

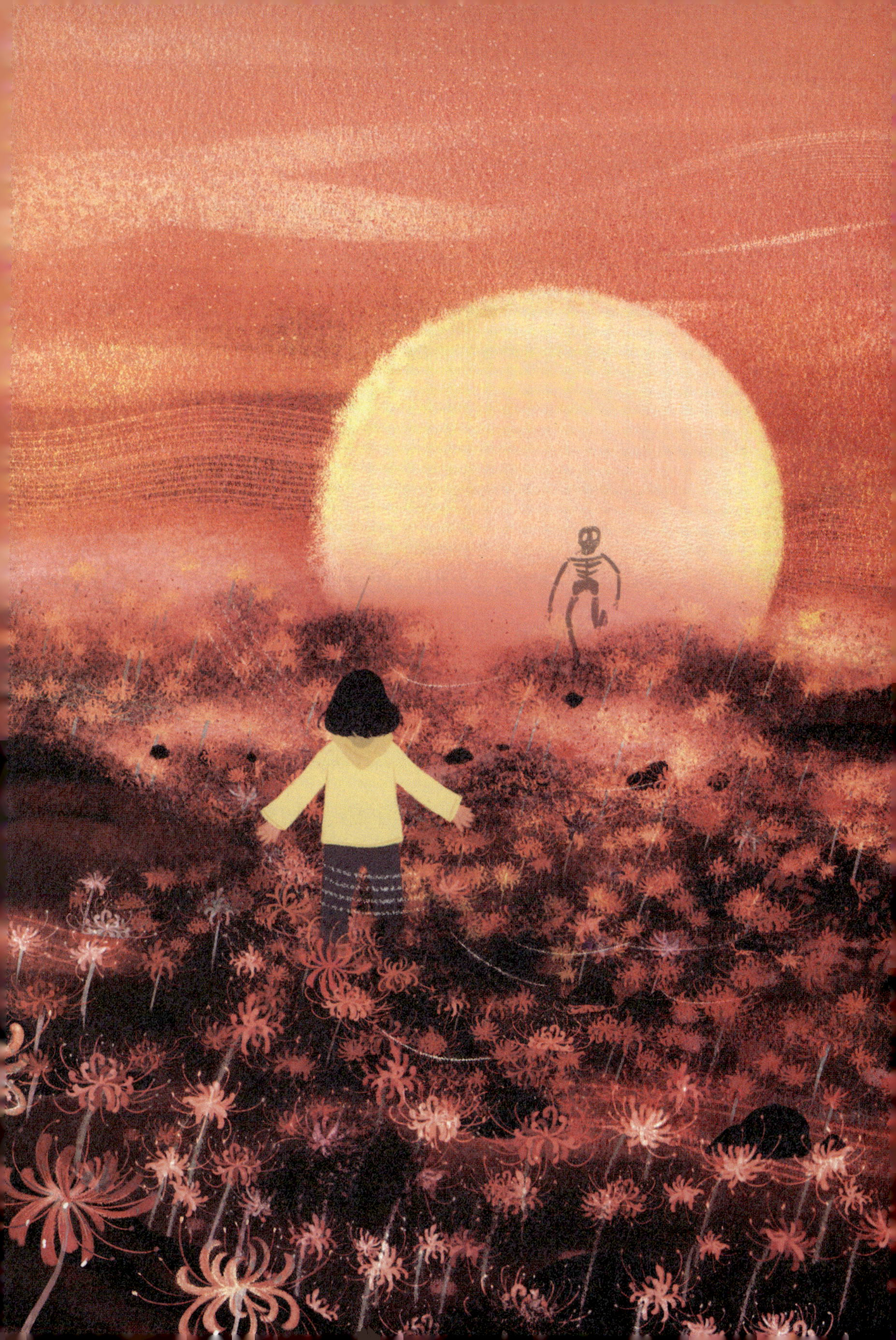

她流下眼泪。

"当——当——当——"铜铃一遍一遍敲打着她的心,似在为她发出悲鸣。她低垂着脑袋,坠入绝望的深谷。

"娅娅。"一个极其遥远的声音传来,钻进她的人耳朵。"娅娅,你站起来!"是小仙人叮当的声音,"不要灰心,抓住铜铃飘在空中的字,完整的字,哪怕一个字也好,不要放手。带着字去黑湖,划破湖面离开那里!"

"哪里有字?"娅娅向空中望去。那里只有灰色的天空,空无一物。

"很快就会出现了,就在铜铃被切割的地方。"

"娅娅。"金吉跑了过来,"怎么回事?铜铃响了。"

"是的。铜铃被毁了。"娅娅说,"但我们只要抓住铜铃上飘出来的字,划破黑湖就可以离开这里。"

"字在哪里?"

"那里!"娅娅指着空中说。在铜铃被切碎的地方,飘着许多零乱的方块字——是那首刻在铜铃上的诗。有的字是完整的,有的已经被切碎,如风中凌乱的花瓣缓缓落下。

"当——当——当——"铜铃还在响,但它已经被彩珠串切割成数不清的碎片,声音越来越微弱。

第二十章
见证誓言

"来，握住它。"

影子骷髅一边指挥着彩珠串,一边充满狂喜地高呼:"我自由啦!我自由啦!"

娅娅和金吉冲上去,在空中抓字。娅娅抓住了离她最近的那个"不"字——它是完整的,还带着铜铃金色的光泽。

在她触碰汉字的一刹那,铜铃的当当声停止了。她的眼前出现一个熟悉的院子。那里有一座矮小的石屋。大门上挂着一把新鲜的菖蒲与艾草。是端午节到了啊!因为只有在端午节,家乡的人们才把药草挂在门上。

这里已是夜晚,一位满头白发,拖着长胡子的老人正坐在院子里的椅子上乘凉。他双手摸着自己的膝盖,轻轻地按摩着。屋檐下的灯光打在他身上,在石板地面上投下长长的影子。

这是梅伯伯的家,娅娅记起来了。

院子一角的地板上被水打湿了。空气中飘着药草熬煮过的味道。

娅娅猜想,梅伯伯一定洗过药水澡。在每一年的端午节,村里的人们会采来菖蒲、艾草等药草熬煮,用药汁洗澡。奶奶说,在端午节洗了药水澡的人的影子不会被天狗吃掉。

"吃掉了会怎样?"娅娅问。

"没有影子的人活不长呢。"奶奶说。娅娅只好在端午节洗药水澡,虽然她一点也不喜欢留在身上的药草味。

娅娅走过去和梅伯伯打招呼。梅伯伯没有回应。他看不见她。

我一定是在做梦,娅娅想。

这时,娅娅看见梅伯伯的影子动了。

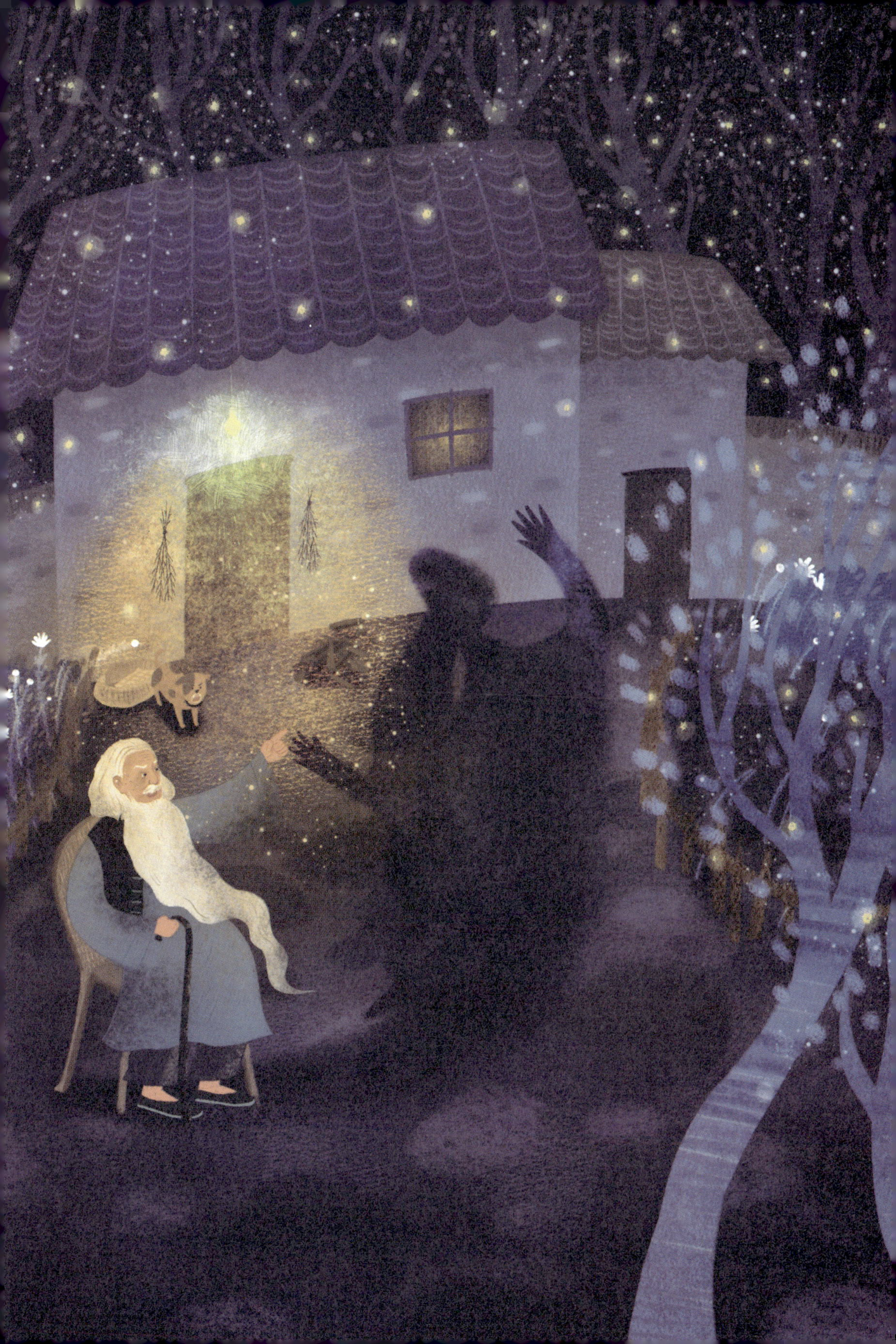

影子朝一边拉长，上半身从地上立起来，开口说话，声音沙哑："主人，您的关节炎又犯了吧？"

梅伯伯看着这个纸片一样薄的黑影，惊愕地问："你是谁？"

拴在院子角落里的阿黄叫起来。"汪、汪、汪。"

"阿黄，睡觉！"梅伯伯喝道。

阿黄不叫了，呜呜呜地哼个不停。

"主人，我是您的影子啊。"影子说，"我陪伴您一百三十多年了，从未离开过。只有我是最爱您的，也只有我能理解您的痛苦。"

"你怎么会说话？"

"您在端午节洗了药水澡，让我获得了一整夜的自由。往年，您洗药水澡后，我没有说话，是因为您不需要我。今晚，我看到您内心强烈的渴望，所以我说话了。我是来帮您实现愿望的。"

"你知道我需要什么？"

"我是最爱您的影子，当然什么都知道，而且比您知道得更多。"影子得意地挥起手来，"您希望能有灵丹妙药彻底治好您的关节炎，消除病痛，能像年轻时那样健步如飞。您还希望自己能活得更久，最好能永生不死。"

"人总是会死的。"

"人们嘴上说的和心里想的常常是两回事。我太了解您了，要不您为什么要试各种偏方，熬制各种稀奇古怪的草药来延年益寿呢？您还远远没活够呢。"

梅伯伯盯着影子看了好一会儿，说："你说你来帮我，有更好的办法吗？我现在连路都走不好了。每到夜晚和天气潮湿寒冷的时候，

膝关节痛得让人想死的心都有。"

"当然有。"影子轻松地说,"您是我的主人,只有您长寿了,我才能一直长寿啊。"

"这倒是。我死了,你也就没了。"

"所以我会竭尽全力帮助您。我知道有个地方有一种神药,不仅能治好您的老毛病,还能延长您的寿命。"

"什么药?在哪里?"

"是我在您的梦里发现的。每个人的梦都是人生的某种答案。人会做许多梦,却只能记住某个片段,而我们影子全部都记得。"影子说,"在人类世界之外,有一个叫百花镇的地方。那里生长着许多奇花异草,具有神奇的药效。更为神奇的是,那里有一种以肉类为食的麻辣兔。他们喜欢吃炖肉,在炖肉里加上一种叫咕咕兔的兔子。咕咕兔是吃百草为生的,不仅能让麻辣兔的寿命达到一百年,还能让炖肉的味道异常鲜美。"

"你是说我只要吃咕咕兔,就会和麻辣兔一样长寿?"

"咕咕兔极其稀有,很难找到的。您为什么不吃数量众多的麻辣兔呢?每一只麻辣兔的眉心都有三根白毛,是长寿的精华所在。越长寿的麻辣兔,它的白毛就越长。您只要吃眉心白毛,就会像麻辣兔一样行走如风,延年益寿。"

"要吃很多眉心白毛吗?"

"能吃多少是多少,多多益善嘛。只不过要拿到眉心毛可不是容易的事。麻辣兔奔跑起来像风一样快,很难捉到的。"

"你能抓到他们?"

"当然，我是来无影去无踪的影子嘛。"

"辛苦你了。"

"不辛苦，因为我爱主人，会为您做任何事。"影子顿了一下说，"但是我要去百花镇才能拿到眉心毛，我需要得到您的允许离开您的身体一段时间。"

"我不能一起去吗？"

"人类在那里会失去记忆，很快死去，但我们影子不受影响。"

梅伯伯仰起头看着星空，两只手的手指敲打着膝盖。他想了一会儿，说："你并不是真的想去取麻辣兔的眉心毛，只是想找个理由离开我吧？你应该知道，没有影子的人活不长久。"

"怎么会呢，亲爱的主人？我永远都是您的影子。"影子急急地说，"我若不回来，您的生命会很快走到尽头，我也会消失，那对我有什么好处？"

"你最好发下誓言，否则我无法安心。"

"什么誓言？"

"一个保证你会回到我身边的誓言。如果你真心想帮我，这誓言对你来说不是一种束缚。"梅伯伯从口袋里掏出一个铜铃说："这是一个具有魔法的铜铃。你以它发誓，听从它的召唤，并在一年内，无论是否拿到麻辣兔的眉心毛，都必须回到我身上，否则变成空气。"

"主人，我辛辛苦苦为您服务，您从来没考虑过给我一些回报吗？"

"这一年里，除非我用铜铃召唤你，其他任何时候你都可以离开我的身体，来去自如。你离开的时候，我会让自己好好活着，这样

你也会好好的。这是最大的回报。"

影子立在那里想了很久,终于开口说道:"好,我听从铜铃的召唤,也会如期回来的。我们的命运是一体的。"

梅伯伯从口袋里掏出铜铃说:"来,握住它。"

影子伸出黑色的纸片手,握住铜铃,跟着梅伯伯念出的话发誓。

影子发誓后,梅伯伯收回铜铃:"你现在自由了。"

仪式结束后,梅伯伯收回铜铃说:"你现在自由了。"

刚说完这句话,影子的双腿就离开了梅伯伯的身体,完全站立了起来。

阿黄又开始狂吠,不安地在狗窝边转来转去。

原来铜铃对影子如此重要,是因为附在上面的誓言约束了他,娅娅想。雨娃说过,影子在百花镇习得魔法,拥有了形体、权力和地位,想成为独立巫师。他毁掉铜铃是为了彻底摆脱誓言的束缚,获得真正的自由。

"谢谢主人!"影子朝梅伯伯鞠躬,"在我离开之前,我还需要一张您的照片。这样,当我想回来时才不会迷路,迷路的影子会化为乌有。"

"没问题。"梅伯伯说。他缓缓地站起来,拄着拐杖进屋。娅娅也跟着走进去,看见梅伯伯从装了许多相片的玻璃相框中取出一张单人照片。照片上,他站在洒满阳光的院子里,笑得灿烂。

娅娅一眼认出那是影子巫师丢进斗笠的照片。可照片去哪里了?娅娅并没有在魔法圈里看见它。

影子拿到照片,将它藏在自己的黑影里。

"主人，我走了。我会尽快把您要的东西带回来，让您安享长寿人生。您一定要等我啊。"

"你要从哪里去百花镇呢？"

"您不用担心，梦里什么答案都有。"影子说，"从一个废弃的老鼠洞就可以去那里。再见，主人，多保重。"

娅娅看见影子走出院子，消失在黑夜里。夜色像浓墨一样蔓延开来，将整个房屋、院子、梅伯伯和所有的东西遮盖了。

娅娅眼前一片黑暗。一个毛茸茸的东西碰到了她。

"金吉？"

"喵——"金吉说，"娅娅，我们被拉到了铜铃的记忆里。我都看见了。"

"是的，我们得赶紧去黑湖。"

眼前的黑暗消失了，他们回到影子骷髅切碎铜铃的地方。

"把汉字拿出来，还给我！"影子骷髅叫道。他朝娅娅扔出彩珠串，念起咒语。

那个"不"字说话了，声音甜美轻柔，像风一样吹进娅娅的耳朵："一定要抓紧我，不离不弃。"

娅娅和金吉开始狂奔。彩珠串撞倒了娅娅。她摔倒在地。影子骷髅大步流星地奔上去抢夺她手中的汉字。金吉朝影子跳去。影子是空的，金吉没有落脚的地方，但他每穿过一次影子骷髅的身体，影子骷髅就会痛苦地大叫一声。还带着猫尿的猫尾巴让他摇摇晃晃，念出的咒语也模糊不清。

娅娅趁机逃走了。

第二十章 / 见证誓言

影子骷髅极力避开金吉，再次召唤彩珠串。彩珠串旋转着，朝金吉飞去。它像一把锋利的飞刀，切向金吉的尾巴。

"喵——"金吉痛苦地尖叫着。他的尾巴断了。他狂怒地扑向影子骷髅，一次又一次，让影子再也念不出咒语。他叼起彩珠串，跑到黑湖边，跳下去不见了。

"金吉！"娅娅跑到黑湖边的悬崖上，看见金吉落水的地方溅起波浪。在波浪的中心有什么东西显露出来：那是一张巨大的老人的脸。梅伯伯的照片！它藏在湖水下。

小仙人说过的话在娅娅耳边响起："带着字去黑湖，划破湖面离开那里。"

娅娅明白了：她必须跳进黑湖，毁坏照片。

第二十一章

划破湖面

"一定要抓紧我,不离不弃!"

"离湖远一点，傻女孩。"影子骷髅在娅娅身后说。娅娅惊得转过身，抽出羊角，对准影子。

"老山羊的破落货吧？"影子骷髅冷笑一声，"你以为它会保护你吗？"

娅娅朝悬崖边退了几步。

"你要小心。"影子骷髅语气变得温和起来，"你没看见那只猫被湖水吞没，再也没浮上来吗？你掉下去会被淹死的。到这里来，我们好好谈谈。"

娅娅犹豫着。要是跳下去，她真的会被淹死的。她可一点也不会游泳呢。

"娅娅，你要理解我的一片好心。"影子骷髅说，"把那汉字给我，毁了铜铃对我们都好。"

"不，我需要铜铃带我回家。"娅娅把汉字握得紧紧的。

"铜铃已经毁了，你拿着一个汉字也没用。如果你把它给我，我保证会用魔法送你回家。"

娅娅心里有了一丝疑虑。小仙人的话是真的吗？铜铃确实被毁灭了，这一个汉字有什么用呢？"一定要抓紧我，不离不弃。"汉字轻柔的声音再次飘进耳朵。这汉字是在对她说话，给她指引，还是在自顾自地念叨着铜铃上的诗呢？娅娅拿不准。

"你知道我为什么一定要那个汉字吗？"影子骷髅说，"你也许已经在铜铃的记忆里看到了，我对它发了誓言。我只有把它毁掉，才能获得完全的自由。"

"你为什么不遵守誓言？"

"我本来要遵守的，但你知道为了获得麻辣兔的眉心毛，我忍受了多大的痛苦吗？他们跑得飞快，我为了追上他们不得不忍受风的侵蚀与伤害。我后来用麻辣兔的皮毛制成了披风，有了形体才免受痛苦，但那样的话，我的速度减慢了，身上的气味也让麻辣兔极易发现我，更捕捉不到他们了，即使我用咕咕兔引诱也没用。我只得到极少的眉心毛，但主人召唤我回去汇报情况的时候，他不但不体谅我的辛苦，还责骂我懒惰，说我在欺骗他！后来我就不想回去了。我用眉心毛制成巫杖，学习魔法，并研制魔药。我的努力让我获得了应得的地位与尊重，怎么可能还回去成为他的奴隶？"说着说着，影子骷髅变得激动起来，扭动身子表达愤怒，"即使我遵守誓言，让主人得到眉心毛获得健康与长寿，他依然不会满足的。他会要求更多的眉心毛，要多活一百年，一千年，甚至长生不死！人类就是这样贪婪。但他终究会死，我也终究会变成空气。我如果毁掉誓言，我将拥有独立的生命，实现真正的长生不死。我还会成为莫须王国最伟大的巫师！"

"如果你离开了，梅伯伯会死的。"

"他活了一百三十多岁，比村里任何一个人活得都长，还不够吗？"

娅娅也不知道该说什么了。她觉得影子的追求似乎没有错，可她不愿意看到疾病缠身的梅伯伯死去。

"把那汉字给我吧，娅娅。"影子用近乎哀求的声音说，"你是一个善良的好女孩，我会很感激你的。"

"一定要抓紧我，不离不弃！"娅娅怀里的汉字又说话了。声音轻得似乎只有她才能听见。

"我想——"娅娅的话还没说完,就发现影子骷髅在与她说话时,悄悄地分了身。许多一模一样的影子骷髅形成一股浓稠的黑烟,包围了娅娅,阻止她跳入湖中。娅娅看穿了影子巫师的诡计,她朝悬崖边跑去,往湖里跳。顿时,狂风大作。黑湖里扬起黑色的风浪,把娅娅往岸上推。她无法靠近湖水,身边尽是黑烟。

她什么也看不见,但能感觉到风浪侵袭的方向,听见湖水拍打岩石的声音,并以此来判断黑湖的位置。她把汉字与羊角抓得紧紧的,往没有黑烟的陆地上跑,想避开黑烟设置的障碍,绕道靠近黑湖。黑烟紧紧跟着她,怎么也无法摆脱。她在黑烟里跌跌撞撞,感觉到有无数的小手在拉扯她,要抢走手中的东西。娅娅寸步难行。她只得蹲下来,躬起身子,把头和双手埋入怀中,与小手们对抗着。小手们拿不到汉字,生气地拍打她。有的抓起地上的小石子扔向她。石子打在娅娅的背上、脖子上,疼痛袭来,将她带回到被石子弹得哇哇哭的小时候。

那时,她坐在采石场边,兴致勃勃地看爸爸采石头。爸爸要用大锤轮流敲击石头上的几个铁楔子,以便把石头分开。敲击中,有小石片飞溅到娅娅脸上,痛得她嚎啕大哭。

爸爸急忙放下工具,检查娅娅的脸,并没有大碍。"小东西,让你坐远一些,非要靠这么近。"爸爸生气地说,"石块要是飞到眼睛里,会让你变成瞎子。回家去玩。"

"我不回去。"娅娅哭哭啼啼地说。

"要不我喊一首号子给你听,听完你就回家?"

娅娅不哭了,她最喜欢听爸爸喊号子了。爸爸握住大锤的木质长

柄，开始唱："依哟喂——，采石来耶。咿呀嗬——，幺妹耶——哟喂，看把戏嘞，咿呀嗬。"他慢慢举起大锤，发出狮子吼，"哈！"

"当——"大锤敲在铁楔子上，震得石头颤抖不已。娅娅也跟着惊了一下。

爸爸又唱道："依哟喂——，飞石来耶。咿呀嗬——，幺妹耶——哟喂，哭鼻子嘞，咿呀嗬。"他再次抡起大锤，大吼，"嘿！""当——"娅娅为爸爸拍起手来。

"依哟喂，千般活，不好做喂。哈！""当——""万里路，勇往前喂。嘿！""当——""高高的山嘞，咿呀嗬。哈！""当——""一锤锤哟喂，筑成家嘞。嘿！""当——""哈！""当——""嘿！""当——"

爸爸的号子一遍又一遍地在娅娅耳边回响，像铜铃的当声击打她的心。她看见爸爸抡起沉重的大锤开采石头的背影，力量把身体鼓得满满的。那一锤落下去的决心与坚持，可把大山切成小块，筑成温暖的家啊！

"万里路，勇往前喂。嘿！"爸爸的吼声鼓舞着她。娅娅直起了背，用羊角挥砍那些小手。

"嘿！""哈！"号子声所有的力量汇在这两个字眼里，给娅娅信心。她往前迈步，开始跑起来。

"大胆往前走，没有什么能阻挡我们回家的心。"爸爸的声音一直都在啊！

娅娅奋力奔跑，摆脱了黑烟笼罩的世界，跑过雨娃与巫师斗法的石墙废墟，跑过云朵娅娅曾经躺过的大岩石，来到黑湖边。黑烟发出愤怒的轰隆声，像乌云一样在她身后紧追不舍。它经过石墙废墟，

卷起了留在地上的兔毛披风碎片，一阵疾跑，再次将娅娅笼罩在黑暗里。这时，那些披风碎片里突然蹦出一个个麻辣兔幽灵。他们体形巨大，浑身洁白而透明，兴奋地在空中飞来飞去。他们的数量越来越多，像海水一样挤在娅娅身边说：

"坚持住，小姑娘，为我们报仇。"

"守好你的东西，我们来解决这个黑影子。"

"只要我们一吹他，你就跑。"

"谢谢你们！"娅娅说。

"大家齐心协力，吹起来吧。"一个麻辣兔幽灵号召道。

顿时，所有的幽灵都往一个方向聚集，鼓起腮帮朝黑烟吹气。娅娅立即感受到一股冰冷刺骨的大风刮过她的脸颊，在耳朵"呜呜呜"地叫着，几乎要把她吹倒。黑烟被风吹得直往后退。娅娅重新跑起来，鼓足劲在逆风中前行。她跑到悬崖边，毫不犹豫地跳入黑湖。

湖水微凉。湖水下，有许多乱七八糟的漂浮物，是巫师在玩寻找影子的魔法时，从斗笠中飞出的东西：相纸碎片、植物叶子、拐杖与胡子等。他们见娅娅落入水中，纷纷聚起来，重新组成巨大的照片，像天幕一样将上面的光遮住，朝娅娅压下来。娅娅在水中屏着气，在照片将要裹住她时，用尽力气挥起羊角一划。"哧啦"——那声音像极了爸爸在石头上找到放铁楔子的地方，用錾子划直线的声音。那线画得又直又干脆。

从荒野传来一阵尖叫，差点把娅娅的耳膜刺破。她在湖中一直往下落。照片被划开一道口子，光从上面照下来，把照片融化成湖水。湖水变成小泡泡。"啵啵啵"，"啵啵啵"，小泡泡不停地破碎，消

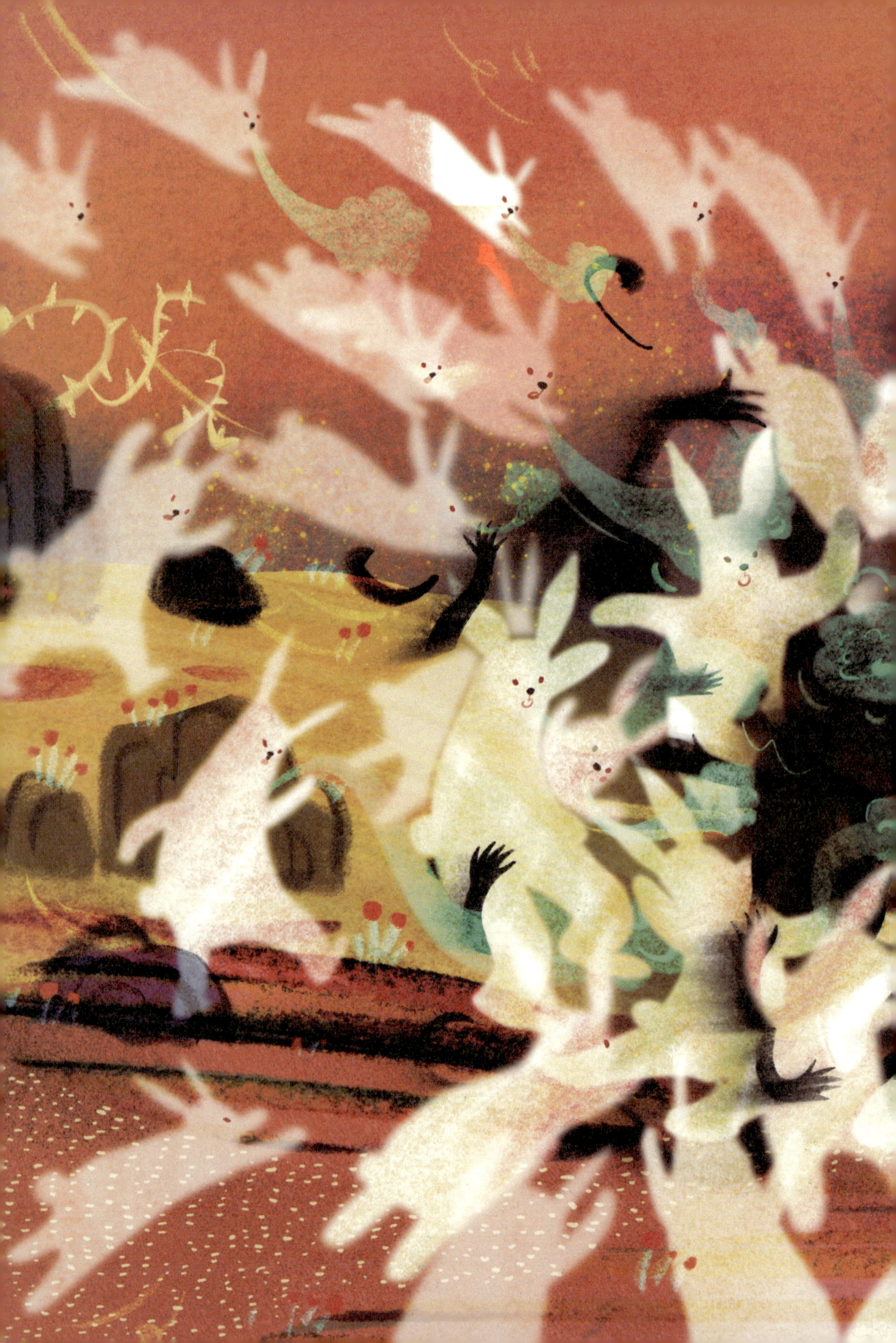

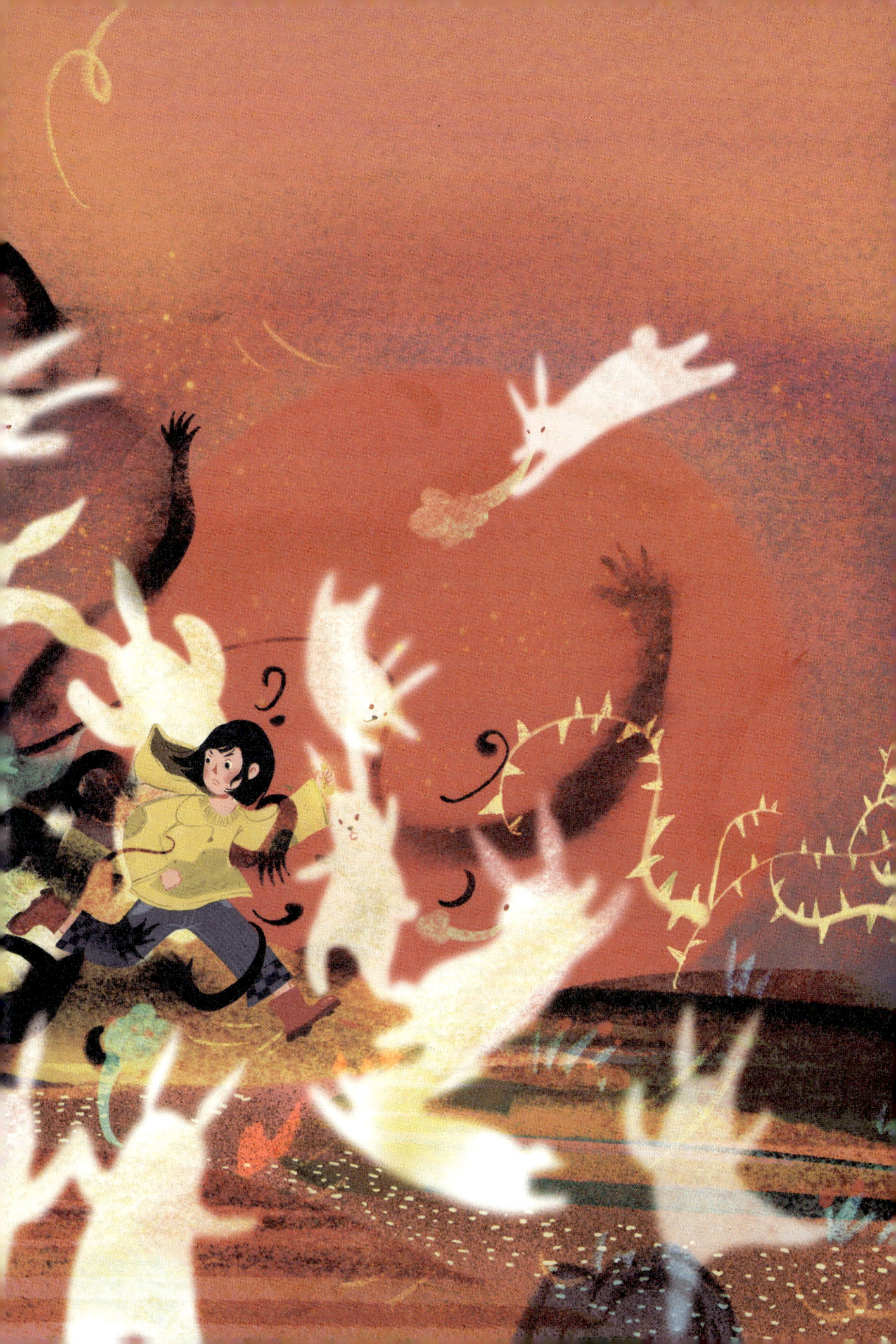

失了。

娅娅躺在没有湖水的光明中,看见天空中唯一的一团白云和乌云分开了。乌云迅速缩小,再缩小,最后变成一缕细细的黑烟,拂过娅娅的脸。她感到很悲伤。她像蒲公英一样轻轻往下飘落,从阳光照耀的天空落入黑夜,落在了蘑菇森林的草地上。金吉、小仙人和野火正围在她身边。

金吉的尾巴包扎着绷带。他提着一盏灯,嘴巴一开一合,似乎在和她说话,但娅娅听不见了。小仙人拿来一个小瓶子,做出张嘴的动作。娅娅喝下瓶子里的东西,就听见金吉带着哭腔说:"娅娅小姐,您总算走出魔法圈回来了。我以为再也见不到您了。"

"娅娅,你找回了人耳朵,是一个完全的龙孩了。"小仙人说,"龙孩在这里不能久留。我也没有多余的蘑菇汤维持你的记忆和生命,并让你听见声音。刚才瓶子里的蘑菇汤是最后一点存货了。你还是早点回家吧。"

"你不是说有许多让她不死的蘑菇吗?"金吉说。

"那需要花很长时间熬成汤嘛。再说了,那时她还有兔耳朵,并不是完全的龙孩,需要的蘑菇汤不一样。"

"谢谢你,叮当。我想家了,想早点回去。"娅娅站起来,四处张望,"雨娃呢?"

"他在野火的肚子里。"小仙人说,"他已经完全碎了。如果不好好保存那些碎片,他可能永远也活不过来。"

娅娅跑到野火面前,想要进去。野火不肯张嘴。"让我见见他。"她请求道。

"娅娅，你不能见他。野火必须让碎片保持恒定的温度和生命力。我会让野火把雨娃带回美瓷居，胡羊会救他的。"

"他能活过来吗？"

"如果你相信他能活下来，就一定会有奇迹发生。胡羊曾给予雨娃生命，自然会懂得如何修复他。野火收缴了白面巫师的毛笔巫杖。这魔法强大的法器，差点没把野火噎死。我会把巫杖送给胡羊，他一定不会傻到把巫杖折断，而不用它去救雨娃的。"

"都是我的错。"娅娅哭起来，"如果不是为了我，他就不会这样。"

"这不能怪你，娅娅小姐。"金吉说，"我们把雨娃从大炖锅救出来的时候，他已经受了伤。他还没有完全康复。"

"可是雨娃为了给我留下足够的时间唤醒人耳朵，与影子巫师斗法才被碾碎的。"娅娅说不下去了。想到那让人痛心的一幕，她的胸口似乎被什么刺了一下。她稀里哗啦地大哭起来。

"我讨厌眼泪，娅娅小姐。"金吉说。他也跟着掉眼泪。

"别哭了，娅娅。你们在斗笠里的一切，我和野火都看见了。事情没你想象的那么糟。"小仙人说。

"你们看见了？"娅娅惊讶地问。

"要是我们看不见，又怎么给你传话让你抓住汉字去黑湖呢？"小仙人说，"巫师把你带进斗笠，是我没有想到的。那个入口只开了很短的时间就关闭了。雨娃和金吉在最后时刻跳了进去，我和野火就只能在外面了。我们不能摧毁斗笠，怕伤到你们，所以就施了一点小魔法，透过一面镜子看见你身处荒原之中，和你的五官齐心协力找到人耳朵并唤醒了他们。虽然雨娃与巫师斗法失败了，但我看到他在反

击巫师时用了最成功的变形魔法。他将那些石头变成发光的神鸟。鸟儿们啄碎了影子巫师的兔毛披风，破坏他的形体，留下许多孔洞，让他变成了影子骷髅，减弱了他施展魔法的能力。若不是这样，他早就抓到你了。"

"发光的神鸟？我看到的是发光的球。"娅娅说。

"是发光的神鸟，绝不会错的。"

"是鸟。我在雨娃的碎瓷片周围看到了许多羽毛。"金吉证实道。

"影子最怕的就是强光与风。"小仙人解释道，"雨娃能想到这点，已经很了不起了。更了不起的是他能施展高深的变形魔法，让没有生命的石头变成有生命的神鸟。如果他知道自己的成就，一定会为自己骄傲的。"

"他一直都很棒！"娅娅说。

"他要是能活过来，会成为一名伟大的巫师。"金吉说。

"那藏在黑湖下的照片是怎么回事？它怎么会在那里？"娅娅问小仙人。

"你现在知道照片上的老人是谁了吗？"

"是梅伯伯。自从耳朵回来以后，到处都开满了金灯花。是它们让我恢复记忆的吧？"

"不是因为那些花儿你才记起往事的，而是你用心看到了家人对你的爱和需要，那些花儿才出现的。它们的出现意味着看见与了解。"小仙人说，"至于那张照片。在魔法世界里，照片这类东西和画像一样，都留存着照片上的人的部分记忆。白面巫师是影子。如果他离开主人不带上这类东西，会因找不到原主人而凭空消失，所以他在独立之前，

肯定会保护好它。巫师在创建魔法圈的时候,用那张照片封闭了入口,防止你逃出来。你勇敢地跳下黑湖,毁坏照片,打开了魔法圈的大门,也切断了影子和主人的联系,所以它消失了。"

"影子回不去了吗?"娅娅问,"没有影子的梅伯伯会怎样?"

"他会陷入空虚状态,很快走向衰亡。"

"梅伯伯他——他真的要死了?"

"每一个人在一个空间里的旅程都有终点。对于人类来说,他拥有那么长的寿命已经是奇迹。"

"是我把他的影子毁了。我不希望他死。"娅娅难过起来,"我想回去看他。"

"把你手里的汉字给我,我送你回家。"

第二十二章

全新的世界

"我希望有一天,你能再次听到这个世界的声音。"

第二十二章／全新的世界

娅娅打开手。那个汉字"不"躺在手心里，闪闪发光。

小仙人把汉字放在娅娅的右手腕上——那里的铜铃图案没有了。他念几句咒语，将汉字绕着手腕转动几圈。汉字"不"的形象印在了皮肤上。他们回到石壁所在的地方，小仙人摸摸其中一块长满苔藓的碎石，石头上重新出现苔藓旋涡。

"铜铃虽然损坏了，但你抢救了它上面一个完整的字，它依然会唱歌引领你回家。只不过这是它最后一次唱歌了。"小仙人说，"你只要准备好了，就把手放在旋涡里，想象家的模样，说出它的名字。"

"谢谢你，叮当！"娅娅心里有许多不舍。她把小仙人捧起来，吻了他的额头。

小仙人很开心。他拿出胡羊大叔的羊角说："你从斗笠里出来时，羊角掉在了地上，所以我就替你保管着。这是你的东西，但你无法带走它，它在你的世界会消失。"

"送给你吧。"娅娅说，"胡羊大叔是你的好朋友。我把羊角转送给你，他一定会非常开心的。"

"真的？那我就收下了。"小仙人亲了亲羊角，在草地上高兴地跳来跳去。过了好一会儿，他从兴奋劲中缓过来，对娅娅说，"我真想让你留下来，陪我在海浮岛快快乐乐地生活。虽然我暂时还没有足够的蘑菇汤维持你的生命与听力，但我会想办法解决这个问题的。不过我想你的家人更需要你，他们在等你，你应该回家了。"

"是的，我想回家。回那个叫铜铃村的地方。我记起家的名字了，也想起家乡的样子了。"

"你真的要回去了？"金吉说。他替娅娅高兴，却又舍不得她走。

"是啊，金吉。你和雨娃不是一直盼着我回家嘛。谢谢你一直陪着我。"她蹲下去，和金吉拥抱。

"娅娅小姐，你的人耳朵真漂亮！"金吉在娅娅耳边轻声说，"能让我摸一摸吗？我希望我能和你一样勇敢，变成真正的猫武士，去山娘那里把小猪救出来。"

"你能这样做真是太好了。"娅娅把耳朵凑过去，笑着说："摸一摸吧，这是给你的嘉奖。"

金吉用软软的爪垫轻抚娅娅的耳朵，痒痒的。这让娅娅想起妈妈去新疆前，说出那句她现在才知道的话时，耳朵也是这样的感觉。她的家人一直都很爱她，从没有因为自己失聪而放弃她。他们一直在用自己的方式默默地帮助她，而她却对妈妈说出那句"我恨你"，妈妈当时一定很伤心吧……娅娅想着想着，泪水流下来。

金吉轻拍娅娅的耳朵说："别哭，娅娅小姐。您知道我讨厌眼泪，但您走了以后，我肯定会想念您哭泣的样子。"

"虽然我不能和你一起回月亮坡生活，但我会想念你和小猪的。"娅娅说。

"她可能会嫌弃我只有半截尾巴，会拒绝我。"

"你可以找胡羊帮忙，金吉。哪怕做一条陶瓷尾巴接上去，也比没有强。"小仙人说，"来吧，娅娅，该回家了。最后这点蘑菇汤的魔力维持不了多久。"

娅娅来到野火身边，抱着它的脖子，凑在它耳边说："谢谢你，野火！再见了，请替我好好照顾雨娃。"野火伸出湿湿的舌头，舔娅娅的脸，并发出"哞哞"声和娅娅告别。

第二十二章 / 全新的世界

娅娅把右手放在苔藓旋涡中,想着葱郁的竹林中,那栋石屋里的父母和奶奶,母牛泥鳅和家里的一切,说出"铜铃村"三个字。

海浮岛的一切消失了,她站在一个黑漆漆的通道里,前方有星星点点的光。她听见黑暗里传来了人们的喧闹声和鸟儿的鸣叫声,还有娅娅熟悉的重庆方言,好亲切呀。她就要回家了,真好啊!

不久,周围的声音停止了。甜美温柔的歌声响了起来。娅娅听出是那个汉字"不"的声音。

啦——啦啦——啦——啦——啦啦——

绵长悠扬的曲调似在倾诉相思之情。娅娅的心一片安宁。她闭上眼睛,随着歌声进入新世界。

啦——啦啦——啦——啦——啦啦——

生于大地的生命啊

在繁盛的春天绽放

夏日的阳光

是你入眠的歌

秋实与冬雪的吟诵

撑起远行的行囊

唱一首歌

歌颂泥土的芳香

高山流云在溪上飞舞

唱一首歌

留住花开的声音

梦里的呼唤在风里长存

啦——啦啦——啦——啦——啦啦——

啦——啦啦——啦——啦——啦啦——

无论你走多远

记得滚烫的热土

淳淳的乡音

养育我们的家

一直在此守候

……

  娅娅被那美妙的歌声挟裹了,像鱼儿在熟悉的河水中畅游一样,心变得欢快起来。她跟着歌一起唱,就像她早就会唱一样。接着,越来越多的声音加入进来——家乡方言的人声、爸爸的号子声、鸟儿的鸣叫、风的声音、动物的叫声……和娅娅的歌声一起,融入到汉字"不"的歌声里。

  娅娅闭着眼睛走着。她不需要看路。她知道哪个方向是回家的路。歌声带着她往前。她在记忆之林中穿过了起伏的丘陵、正茁壮生长的草木和白鹭、母牛泥鳅与万物跳舞的田野……终于,她来到了熟悉的村庄,"看"到了土地上劳作的奶奶与妈妈,还有在采石场采石的爸爸……

  她全心全意地走向家的怀抱。

不久，歌声停止了，她睁开眼，看见前方有一个洞口。那里有灯光闪烁。光中显现出一座院子与石屋。院子里有人影在走动。那是自己的家。她跑过去，像兔子一样欢快地蹦着。她站在院门外，穿着原来的衣裤和雨靴，雨靴上沾着新鲜的泥土，像刚去山坡走了一趟回来。四周恢复了原来的死寂。没有歌声，没有人声，没有动物的叫声，什么声音都没有了。她抬起右手，那个"不"字不见了。但铜铃最后的歌声留在了她的心上。

天已经黑了。院子里挤满了邻居，把奶奶围在中间。

"奶奶！"她大叫道。她知道自己听不见了。她回到了无声的世界。但她并不难过，能回到熟悉的土地上与家里，她的心里充满欢乐与希望。

人们听到她的呼喊，都转身惊讶地看着她。奶奶冲出人群，朝她奔来。她扑向奶奶的怀抱。

邻居们围了过来。娅娅从邻居们好奇、惊讶与疑惑的神情中，动个不停的嘴巴里，知道他们都在询问她去了哪里。她什么也不想说，只是对奶奶打着手势说肚子饿了。邻居们拍拍她的肩膀，露出笑容，纷纷离开了。

奶奶去厨房生火，给娅娅煮了一大碗热乎乎的鸡蛋面。娅娅吃饱了，奶奶比画着告诉她：她当天上午出门以后就一直没有回家，大家都在寻找她。有人看见她去了梅伯伯家，于是去他家里询问。可梅伯伯倒在院子外的小路上，不省人事。大家把梅伯伯送往镇医院抢救，他暂时醒过来了，但气息微弱，治愈无望。人们把他抬回家，一边照顾他，一边搜索娅娅的下落。

那一夜，娅娅睡得很不踏实。她很担心梅伯伯。

第二天，奶奶告诉她：梅伯伯快不行了。娅娅跟随奶奶去了梅伯伯家。阿黄从人群中冲到她面前，舔着她的裤子。娅娅抚摸着它，进屋去看梅伯伯。阿黄跟着她。

帮忙的人们三三两两地坐在餐桌的凳子上或者院子里。梅伯伯一个人躺在床上，闭着眼睛。娅娅靠在他的卧室门边，闻到一股青草腐烂的味道。她不敢进屋。阿黄跑过去拉扯梅伯伯的被子。梅伯伯睁开眼，见到娅娅，脸上挤出一丝笑容。他示意她进屋。

娅娅坐在梅伯伯床边的椅子上，帮他坐起来。他靠在枕头上，示意娅娅去柜子上取纸笔。娅娅找到一支圆珠笔和一个还有空白页的笔记本。笔记本上写满各种处方和药草的名字。

梅伯伯颤抖着双手在一张空白纸上写道：对不起，娅娅。昨天让你受到了惊吓。你还好吗？

娅娅写道：我很好。我去了百花镇。

梅伯伯脸上出现惊愕的神情，又写道：你看见我的影子了吗？

娅娅摇头。她不想告诉梅伯伯影子消失的事。

——我知道他不会回来了。我的生命到头了。

娅娅落下泪来，没有回话。

——我会去一个没有病痛的地方，你别伤心。

娅娅写了一句：你会伤心吗？

——不伤心。以前有影子陪伴的时候，我害怕死。即使我医治过许多人，见过许多生死，仍然害怕死。但现在没有了影子，我倒把生死之事放下了。我这一生过得很有意义，已经很满足了。生命为我

关闭了这道门，却打开通往另一个世界的窗。那里同样有许多美好的事等着我去发现。我对未来充满期待。

写到这里，梅伯伯感觉很累。他的手颤抖得厉害，字迹越来越潦草，娅娅要极力分辨才能认清。他大口喘着气，歇了一会儿，又写：你要相信你的家人。他们都在努力为你创造医治耳朵的条件。我希望有一天，你能再次听到这个世界的声音。

娅娅接过笔：我相信他们。我爱他们。

梅伯伯闭上眼睛歇了一会儿，又睁开眼，拿起笔写道：是铜铃把你带回来的吗？

娅娅点头。

——是阿黄给你的吧？它做得很好，请照顾好它。铜铃在你身上吗？

——它被毁了，但我听到了它最后一次唱的歌。

梅伯伯叹了一口气。他写下最后一句话：你记得那首歌吗？我想再听一次。

娅娅开始哼唱那首歌。她听不见自己的声音，但她知道梅伯伯能听见。

啦——啦啦——啦——啦——啦啦——

啦——啦啦——啦——啦——啦啦——

生于大地的生命啊

在繁盛的春天绽放

夏日的阳光

是你入眠的歌

秋实与冬雪的吟诵

撑起远行的行囊

……

娅娅唱着唱着，泪流下来。阿黄趴在她的脚边，动也不动。

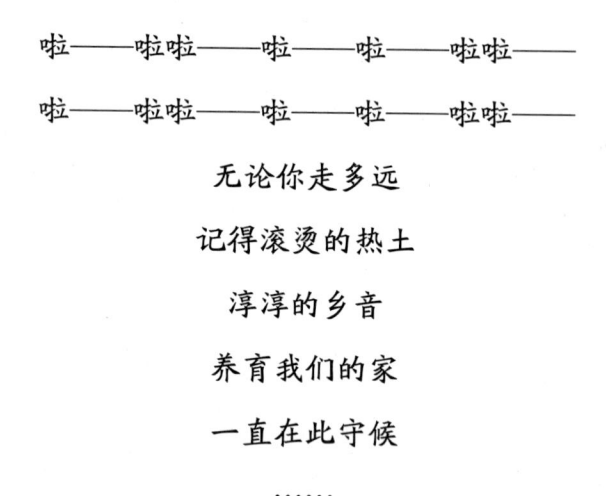

啦——啦啦——啦——啦——啦啦——

啦——啦啦——啦——啦——啦啦——

无论你走多远

记得滚烫的热土

淳淳的乡音

养育我们的家

一直在此守候

……

娅娅唱完了歌。有大人进来了。他们去试探梅伯伯的呼吸，摸他的手，然后更多的人涌了进来。梅伯伯安详地闭着眼睛，再也没睁开。娅娅看见他的眼角挂着泪水。娅娅的心里满是悲伤。她抱起阿黄，离开了那里。

梅伯伯的家里设置了道场。他家附近挂起高高的招魂幡。娅娅和阿黄坐在山上，看着飘扬的幡和院子里热闹的人群。娅娅动了动耳朵。它们不再像兔耳朵那样能捕捉到幡抖动翻飞的声音，以及道场上的锣

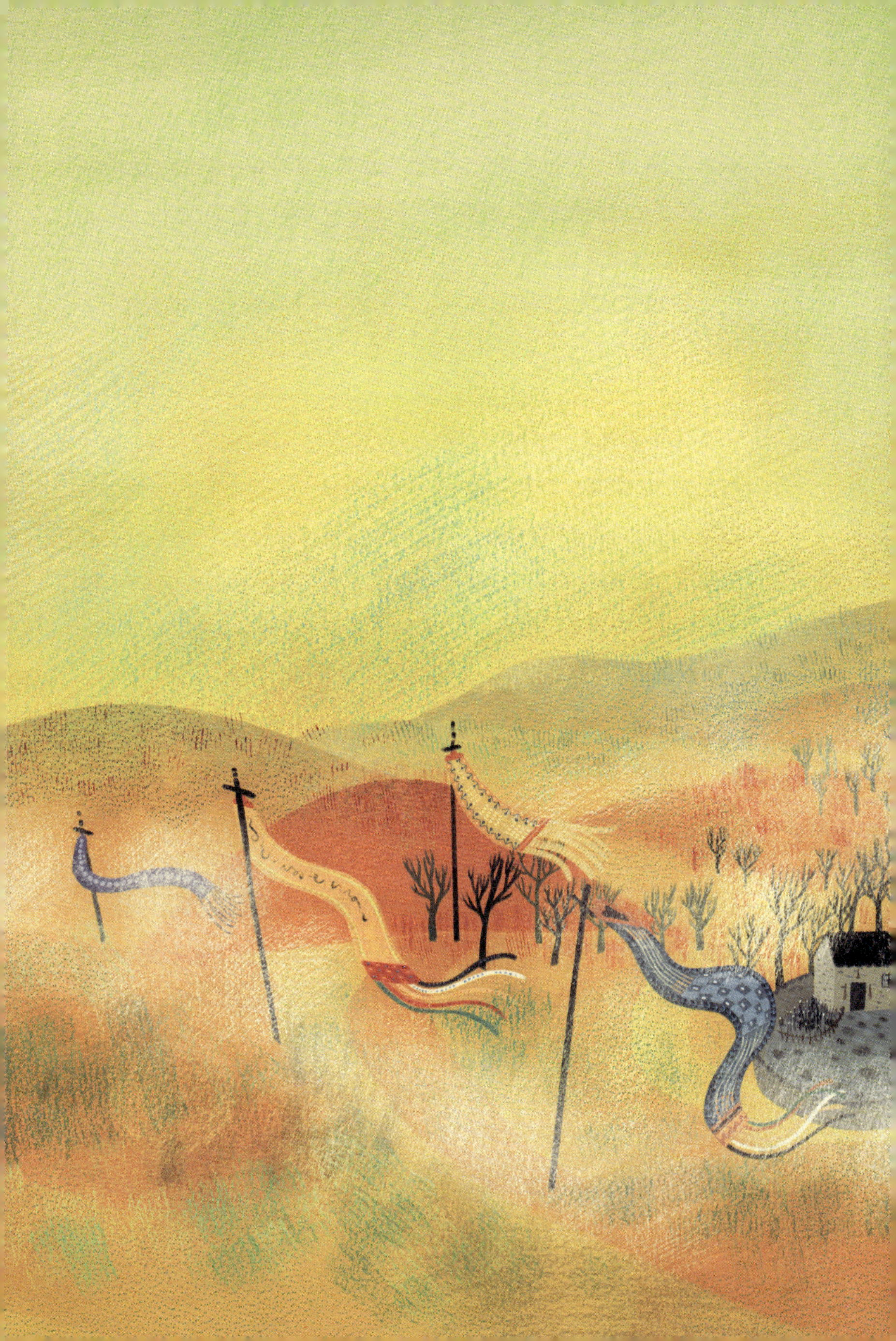

鼓声、诵经声，但她能感受到秋风的清凉，嗅到梅伯伯烟囱里的烟火味和院子里的斋饭香气。她相信，风能把这里的一切带到梅伯伯要去的世界。

娅娅摸着身边阿黄长长的毛，沉浸在宁静却又无比丰富的世界里。

一个多月后，爸爸妈妈摘完棉花回家了。他们买了许多新疆特产回来，还带回一大袋白白的棉花——妈妈说要给娅娅做一床新棉被过年。娅娅摸着柔软的棉花，想起在风火球中看到的父母辛苦摘棉花的情景，心中的冰雪正在融化。她扑到妈妈怀里，搂着她的脖子，亲吻她的脸。妈妈对女儿如此亲昵的举动很不习惯。她拍拍娅娅的头，红着脸去整理行李了。

春节后，爸爸带娅娅去省城医院看医生。她这时才知道，梅伯伯早已将自己所有的积蓄通过奶奶转交给了爸妈，希望能治好自己的耳朵。娅娅想到梅伯伯的往事，心里很难过，但又品尝到他给予的关爱像大白兔奶糖一样甜。

到了省城医院，经过繁复的检查，医生说她的听力因为某种药物遭受了不可逆的损害，已经无法治愈了。但她还残留着一些感知声音的细胞，只要借助助听器，就可以像正常人一样听见声音。知道这个消息后，娅娅的心飞扬起来。

在听力恢复中心，当医生在电脑上为她调试助听器时，她站在窗边，脑海里浮现出前几日在山坡放牧泥鳅的情景。那些番薯地已经变成油菜地。绿油油的油菜马上就要开花了。春天的脚步踏着春泥，

敲醒了沉睡的春芽。娅娅想着百花镇，那里也是春天了吗？雨娃被复原了吗？金吉是不是和小猪一起生活了？野火回到海浮岛了吗？小仙人开心吗？那些麻辣兔修好大炖锅了吗？没有了白面巫师的威胁，他们不会给百花镇惹麻烦了吧……

娅娅越想越激动，她想回百花镇看看老朋友。但她和阿黄去寻找那个老鼠洞时，怎么也找不到了。也许胡羊大叔把它永远关闭了吧。娅娅有些许失望。

这时，爸爸拍了拍她的肩膀。她转过身，看见医生拿着一对像海豚一样的助听器，微笑着示意她过去。她顺从地来到医生身边。医生将那对"海豚"挂上她的双耳，然后把她引到窗边，推开窗户。刹那间，街道的喇叭声，马达声，轮胎与地面的摩擦声，人们的交谈声，风声似滚滚春雷朝她扑来，把她宁静的世界击得粉碎。她的心如狂躁的野马四处奔逃，嘶鸣……

"啊——太吵了！"娅娅尖叫起来，双手捂住耳朵，想要把助听器摘掉。

医生关上窗户，声音洪亮地说："别担心，孩子。我们来调试一下助听器，你会很快适应它们的。"

娅娅猛然发现，她听见了刚才自己的尖叫声，医生清晰明朗的话，以及外面那个无比吵闹的世界。

那是一个久违的、美妙的、全新的世界。

后 记

古往今来的哲人都在思索"爱是什么？""它在哪里？"然而他们并没有找到标准答案。

"爱不是什么？"大家也许会有一些共同的理解：爱不是控制，不是依赖，不是自我牺牲，不是空洞的甜言蜜语……

小时候，家人给我们的爱也许是这样的：给我们好吃的食物，购买新衣服、玩具，或者带我们去游乐场玩。这样的事确实是家人爱我们的一种表现，但坏人为了达到欺骗孩子的目的，也会这么做。

有时候，家人会责骂我们，会阻止我们做想做的事，比如当我们沉迷于玩游戏、玩手机，看没完没了的电视时。他们还会"逼"我们学习，吃讨厌的蔬菜……这就不是爱了吗？

在《转身听见》的故事里，小主角娅娅的父母从来不说爱她，还时不时会抱怨娅娅不懂事，甚至在中途离开了她……这就不是爱了吗？

爱是神秘的，许多时候我们看不见，摸不着。虽然有时我们能感觉到爱，但对这种感觉的判断也许会出错。

爱的表达方式有许多种。它有时显露于外，有时隐藏在行动之下，但真正的爱都有一个共同点：无论历经怎样的艰辛与困境，它总是在

那里，像深埋在地下的石头一样坚固、牢靠，并且充满了持久的力量，不会放弃每一个在爱中的人。

但我们沉浸在自己的痛苦与烦恼中时，往往看不见爱，只看得见自己。这时，需要我们打开心灵才能"看见"爱的存在，"听见"它的声音，获得前行的勇气与力量。

坏人对我们的"好"不是真正的爱，他们只是在借爱的名义欺骗我们的情感，为他们争取好处。他们把爱当成一种工具。他们的付出是不持久的、不稳固的，在达到目的之后他们便会抛弃我们。

《转身听见》里的影子对梅伯伯的"爱"就是如此。他口口声声说爱他的主人梅伯伯，要为他的健康长寿去百花镇冒险取得麻辣兔的眉心毛。但在那里，影子尝到了权力、地位带来的甜头之后，便想通过违背契约来获得独立与永生，抛弃年迈又疾病缠身的主人。他的"爱"是一连串谎言之下的自私自利，是深埋在"付出"背后的贪婪与欲望。他用尽手段获得自己想要的一切，无情无义，最终一无所有。

相比之下，娅娅父母对她的爱显得极为朴素与实在。父亲是石匠，见识稍微多一些。母亲是地道的农村妇女，没有文化。但他们对娅娅和已经去世的哥哥的爱是深刻的、持久的。娅娅失聪后，父母为了凑齐娅娅去大城市医治耳朵的钱，远离家乡去新疆摘棉花，希望能通过他们艰辛的劳动来换取更多的报酬。

然而，娅娅却无法理解父母在她最需要时远离她的行为。她认为妈妈嫌弃她聋了，父母不再爱她了，要抛弃她了，再也不会回家了。她身陷在突然失去声音的世界，沉浸在自己的痛苦与慌乱中，看不到

父母行为背后的无奈与深藏于心的担忧。她在百花镇经历种种冒险后，重新"听见"了父母的心声，看见了父母对自己如石头般稳固又深沉的爱。她重新认识了父母表达爱的特殊方式，并从中获得力量走出了影子巫师的魔法圈，顺利回到了家乡。

在重重历险中，娅娅也从朋友金吉、雨娃和胡羊大叔那里得到友谊之爱，受到启发。

她看见胡羊大叔对雨娃和小仙人的爱，体现在无奈又痛苦的隐忍与守护之中；金吉对猫公主的幻想之爱转化成了对善良小猪（中了魔法的猫）的爱，获得了真正的勇气；小仙人对娅娅即使有万般不舍，也会放手成全她，让她回家。

她甚至从梅伯伯的离去中看到了他对生命和家园的热爱，以及当死亡降临时，他终于放下执念，接纳过去圆满而有意义的一生，并对另一段旅程充满希望。这让娅娅在这深深的触动中，更加感受到了在有限的生命里，人与人之间的真爱可以跨越时空与生死，不离不弃……

在爱的不同形式里，有默默的关注、付出；有深藏心底的思念牵挂；有放弃中的成全；也有坚持中的等待与守候。它需要我们用心去倾听、体会。唯有了解了，听见了，看见了，体会到了，爱的种子才会见到阳光和雨露，得到滋养与成长的机会，开出幸福的花朵。

就像故事里的娅娅那样，在历经幻境奇遇与爱的考验中，获得心灵的成长。当她重回原来的世界时，看见了一个"久违的、美妙的、全新的世界"。